GILLES PARIS

UN BAISER QUI PALPITE LÀ, COMME UNE PETITE BÊTE

Pour Anne

Venez goûter à ce baiser !

Amicalement

Gilles Paris

Bourg en Bresse

17 11 2024

GALLIMARD

GILLES PARIS

UN BAISER QUI PALPITE LÀ, COMME UNE PETITE BÊTE

GALLIMARD

À Laurent C.

Iris

Ma mère ne m'a pas crue.

Elle m'a dit qu'une fois de plus je voulais faire l'intéressante et le mal autour de moi. Puis elle m'a giflée. Je me suis enfermée à clé dans ma chambre. Ce que je fais chaque soir, au cas où il reviendrait.

Je revois la pénombre de l'autre nuit, où je sens son odeur de cigare tout autour de moi. Je veux allumer la lampe, mais mon beau-père m'en empêche. Je crois mourir quand il se couche sur moi de tout son poids. Quand sa bouche force mes dents. Quand sa langue se fourre partout, tel un reptile, répandant un goût de cendres jusqu'au fond de mon gosier. Sa barbe m'irritant la peau, j'oblige mon visage à s'y soustraire. J'agite autant que possible bras et jambes pour me défendre, qu'il comprenne que je ne suis en rien consentante. Mais cela ne sert à rien. Je suis comme écrasée sous un camion. Il défait son pantalon, et soulève ma chemise dans un soubresaut qui me fait manquer de souffle quand il retombe sur moi. Je réussis à lui griffer le visage, mais il me frappe en retour et sa bague me perce la joue. Puis je pense que la fin du monde entre en moi. Jamais je n'ai eu aussi mal de ma vie. Je sens un liquide épais couler entre mes jambes et je perds connaissance.

Ça lui a donné, j'espère, la sensation de baiser une morte.

Je suis seule quand je me réveille. J'éclaire la pièce pour en être sûre. Et ce que je vois me terrifie. Ma chemise de nuit est déchirée à plusieurs endroits. Mon corps, endolori, est couvert de sang. J'en ai vraiment partout. De longues traînées séchées de mes chevilles à ma poitrine. Le drap du lit, lui, semble avoir bu ce rouge colère. Je comprends qu'il s'agit du mien. Qu'il m'a fait ça, et pire encore, ce salaud, alors que je viens d'avoir dix-sept ans. Que pour aucun garçon je ne serai plus vierge. Et cette affreuse douleur au ventre m'a tenaillée des jours, avant de se dissoudre lentement. Les roulements de tambour se sont enfin tus.

J'ai maudit mon frère aîné de n'être plus là pour me protéger. C'est sûr, Ethan l'aurait buté. À condition que ma honte ne m'empêche pas de lui en parler. Je l'ai pourtant fait hier, mais Ethan repartait le jour même pour une mission. Me soulager auprès de lui n'a servi à rien. Ce frère que maman a découvert un matin dans mon lit, parce que j'avais peur du noir. Ce fils qu'elle a chassé comme un pervers, et qui n'est jamais revenu à la maison. Ethan est dans l'armée maintenant. Je ne le vois qu'à ses rares permissions. En Irak, en Afghanistan, n'importe lequel de ces pays en conflit, plutôt que de l'affronter, elle, notre mère qui venait de me gifler et l'avait mis dehors sans ménagements. Plus personne pour me défendre. Je suis responsable de tout, du frère au beau-père. Finalement, je l'ai bien cherché. Une allumeuse et rien d'autre. Une pute. Oui, elle a dit ça de moi aussi.

J'ai vu une psychologue au lycée, mais mon cas dépassait largement ses compétences. Et je ne pourrais pas me permettre de m'offrir un psychanalyste, ou que cela remonte aux oreilles de ma génitrice qui me chasserait comme mon frère.

J'ai essayé de reprendre une vie normale au lycée, mais trop de garçons me tournaient autour. Je n'arrivais plus à me débarrasser des effluves de son cigare et de ses mains à lui, pressant mon corps en un jus nauséabond, pareil à un furoncle, je n'en respirais plus. J'avais le sentiment de sentir mauvais, que cette odeur me poursuivrait où que j'aille, même sous la douche.

J'ai cru que la peau douce et laiteuse de jeunes lycéens me ferait oublier jusqu'au souvenir de cet homme tout en chair. Je me suis laissé prendre, prête à tout, une fille facile. Je les ai chevauchés les uns après les autres, ou plusieurs à la fois, des toilettes du lycée à des lits minables, parfois juste un matelas dans une cave. J'aspirais à l'amour, aux senteurs de fleurs comme les roses ou les pivoines qui effaceraient toute la puanteur qui se répandait en moi. Je me suis laissé filmer par leur portable. Je fermais les yeux, experte et docile. Certains ont tenté de me frapper. Je les ai bien amochés, grâce aux leçons de mon frère. Rien à voir avec mon beau-père, là, c'était un jeu d'enfant.

Une vidéo a commencé à circuler sur les portables des lycéens. Ils se la montraient entre eux et la partageaient avec d'autres. On m'y voyait assise sur un lycéen, tandis qu'un suivant faisait danser sa langue dans ma bouche. Les filles m'ont toutes tourné le dos, y compris celles que je ne connaissais pas. Elles crachaient sur moi dans la cour du lycée. Les garçons en meute se tapaient les cuisses et, les lèvres grandes ouvertes, sortaient leur fourche qu'ils agitaient sur mon passage.

Le soir à la maison je recevais des centaines de textos insultants que j'effaçais sans les lire. Mais ils revenaient sans cesse, se multipliant au réveil. J'ai voulu changer de portable, mais je n'en avais pas les moyens. Ma mère m'a dit que c'était bien fait pour moi. Lui se contentait de balader ses mains sur moi quand elle s'absentait. J'en ai vomi plus d'une fois. Contre ce connard et ses cent kilos, je n'ai rien pu tenter. Je ressemblais à une mouche sous un verre à laquelle il avait arraché les ailes.

J'ai reçu des lettres aussi, dont une avec de la merde écrasée, me disant que je ne ressemblais plus qu'à ça. J'ai supplié ma daronne*[1] de me retirer de ce lycée. Elle a refusé en me lâchant que rien de cela ne serait arrivé si je n'étais pas la fille de mon père, une moins-que-rien. Ma vie est devenue un véritable enfer. Comme si cela ne suffisait pas, j'ai appris la mort de mon frère quelque part en Syrie.

J'ai réussi à carotter de l'argent dans le portefeuille de ma mère sans qu'elle s'en aperçoive. Pas assez pour une nouvelle vie. J'ai acheté de la corde chez le quincaillier. J'ai attendu la pénombre pour l'envoyer de

1 La première occurrence des mots et expressions suivis d'un astérisque renvoie au lexique situé en fin d'ouvrage.

l'autre côté de la poutre, juste au-dessus de mon lit. Je me suis rappelé mon frère qui m'avait rejointe ce soir-là à ma demande, parce que j'avais peur du noir. À cet âge, j'avais sûrement deviné qu'une nuit mon beau-père entrerait dans ma chambre sans y être invité.

J'ai eu une brève image de sa figure sur la mienne, cramoisie de désir, immonde.

Et puis j'ai cessé de penser et je me suis pendue.

Tom

À quinze ans, ma sœur et moi, on sait presque tout l'un de l'autre. Pas seulement parce qu'on est jumeaux. On est si proches qu'on peut finir la phrase de l'autre dans sa tête. Je ne mens pas à Emma, elle le saurait aussitôt. Elle le sent au ton de ma voix, à mon regard qui se dissimule sous ma frange. Je ne peux pas en dire autant. Depuis qu'elle a pécho* le plus beau gars du lycée, Solal, un métis aux yeux bleus, elle n'est plus la même. Elle refuse de me prendre la main au lycée ou dans la rue, alors qu'on s'était promis de ne jamais se lâcher. Emma dit que ce n'est plus de notre âge, comme si Solal la faisait grandir un peu plus chaque fois qu'ils niquaient dans sa chambre. Le problème, c'est que je suis encore puceau et que ça me travaille un max. Les seules pelles que j'ai roulées, c'est à la suite de défis que mon pote Gaspard m'a lancés et ça n'a pas été un franc succès. La première fois à une fille de terminale, sur un parquet lustré. Je me suis planté devant cette blonde aux cheveux courts, genre avion de chasse*, qui dansait les yeux fermés, et je l'ai galochée un peu, jusqu'à ce qu'elle ouvre ses yeux, me criant illico « Maaaaarc » dans la bouche. J'ai senti une main sur mon épaule qui m'a fait faire un demi-tour sur place et je me suis pris un pain sur la joue qui m'a donné une allure de boxeur pendant toute une semaine. Ah ça, Marc sait cogner. Je l'évite depuis. Le deuxième défi a été d'embrasser un mec. Quand on est bourré, ce sont des choses qui arrivent. Un nouveau au lycée, avec des sourcils épais, qui s'appelle Aaron. Je n'ai pas refusé le défi, j'avais depuis longtemps dépassé le verre de trop. Je me suis avancé vers ce garçon, d'un pas plus qu'hésitant, et j'ai forcé ses lèvres pour lui fourrer ma langue jusqu'au fond de la gorge. Puis j'ai eu un hoquet, et tandis qu'Aaron m'observait avec effroi, je lui ai gerbé dessus. C'est sorti comme un alien sur son tee-shirt couleur banane. Pas de quoi me hisser sur la marche d'un podium. Un vrai loser. Mais j'assume.

Les meufs* au lycée ne m'intéressent pas vraiment. Elles rient pour un rien, enroulent d'un doigt les mèches de leurs longs cheveux, et ne parlent que de keums* entre elles. Elles leur écrivent des textos en trottinant, le sac à l'épaule, avec plein de cœurs bleus, de smileys et de MDR*. À part Emma bien sûr. Elle est belle, ma sœur, avec ses longs cheveux noirs qui se répandent sur ses épaules, ses yeux noisette, ses lunettes en écaille, ses sweats américains qu'elle m'emprunte sans me le demander. De loin la fille la plus cool que je connaisse. Je suis toujours dans ses stories avec des grimaces chanmés* qui nous font beaucoup rire. Mes potes Gaspard et Timothée me charrient tout le temps parce qu'ils se tapent régulièrement une meuf en étant totalement biturés. Comme ils l'ont fait, l'an passé, avec Iris. Pour ce qui est de cette élève de terminale, il vaut mieux tout oublier. Les autres, c'est un miracle qu'ils s'en souviennent parce que, dans les fêtes, on ne sait même pas comment on retrouve nos lits.

Depuis nos neuf ans, Emma et moi, on lit pas mal. Au lycée, on nous considère comme deux intellos, lunettes incluses. On s'isole pendant les pauses, sur un banc, chacun d'un côté, pour dévorer nos romans.

Mon préféré, c'est *L'Attrape-cœurs*, de J.D. Salinger. Je le lis tous les ans. Je me prends pour Holden, le héros de mon âge, et tant pis si je n'ai pas encore été exclu du lycée. Dans le roman, Holden compare sa vie à celle des statues qui sont figées et ne changent jamais. Il est angoissé à l'idée de devenir adulte. Comme moi.

Pourtant, Emma et moi, on habite à Paris dans un grand appartement du Xe arrondissement et nos parents ne sont pas souvent là. On est plutôt libres. Maman est psychanalyste, elle soigne les blessures qu'on ne voit pas. Celles qui ne cicatrisent pas. Papa est coach sportif. Il a sa propre salle à quatre stations de métro de chez nous. À sa manière, il guérit lui aussi ses élèves. Il leur donne confiance en eux. À chaque séance, les exercices libèrent des endorphines. Emma dit que c'est exactement ce qu'elle ressent quand elle fait l'amour avec Solal. Y a vraiment des jours où je préférerais être sourd.

Emma

Mon frère est imprévisible pour tous, sauf pour moi. On n'est pas jumeaux pour rien. En fait, il ne s'est pas encore trouvé, ce qui est normal à notre âge. Surtout qu'il n'a jamais été avec une fille. Bizarre, vu leur nombre au lycée. Je pense qu'il attend qu'elle tombe d'un arbre, comme un fruit bien mûr. Tom ne fait jamais beaucoup d'efforts. Il serait plutôt du genre à chiller*. Il est très impressionnable et capable de n'importe quoi pour se faire aimer. Il suffit de voir comment il réagit aux défis de Gaspard. Franchement, les garçons exagèrent parfois. Ils n'ont aucune limite. Ce sont quasiment tous des charos*. Depuis que je suis avec Solal, je m'en rends vraiment compte. Lui, c'est un mec posé qui m'aide à réviser les cours, tout en faisant la fête sans se foutre à l'envers. Ça me change de Tom, de ses potes et de mes ex. J'ai parfois le sentiment d'être sa grande sœur. Je veille sur lui. Au lycée, Tom me rend vénère*. Il réussit tous les contrôles avec une facilité déconcertante. Une sorte de génie qui nous agace tous. Mais dans les fêtes, il ne peut pas se retenir de picoler à l'excès, comme tout ce qu'il fait. Je le défends toujours. J'aime sa longue mèche qui cache souvent son regard bleu clair et ses lunettes rondes. Quand il se coiffe vraiment, et sans ses lunettes, il a ce petit air d'Eddie Redmayne, que j'adore. D'ailleurs, j'ai punaisé un poster de lui dans ma chambre.

Au lycée, on s'assoit ensemble, ce qui, au début, a fait fuir la plupart des lycéens. Notre entente est si forte que j'ai eu un peu de mal à avoir une relation normale avec Solal.

Il est juste canon, mon keum. Toutes les filles me détestent pour avoir mis le grappin dessus. Sauf mes super copines, Sarah et Chloé. Je les surkiffe*. On n'ignore rien les unes des autres. On s'est confié tous nos chagrins, toutes nos joies, ou presque. Je n'ai rien pu raconter de ma première fois avec Solal. Quand tout va bien, on a moins envie de se répandre. Et puis je suis un peu pudique, même si ça ne m'empêche pas d'être une méga fêtarde qui ne boit pas. Parfois, quand je suis contre Solal, je ne l'embrasse pas, je me contente d'observer son visage, et surtout le bleu de ses yeux dans lequel je me dilue. Rien à voir avec le bleu métal de Tom. Celui-ci est chaud et entêtant. Le corps de Solal est sculpté par le sport qu'il pratique régulièrement chez lui. Mes doigts s'accrochent dans sa chevelure noire et s'y emprisonnent.

Au début de notre histoire, il y a six mois, Tom ne me lâchait pas d'une semelle. Et quand nous allions chez Solal, tout près du lycée, il attendait des heures sur le trottoir d'en face, en clopant, avant que je sorte pour qu'on puisse rentrer ensemble. Tom est bien trop fin pour critiquer Solal. Il sait que ça me fâcherait. Nous retournions à la maison, en silence, Tom me prenant parfois la main. Je n'aime plus trop ça. Nous sommes ados maintenant. C'est comme jouer à la marelle. C'est fini. Et tant pis si je dors encore avec mon ours Corsaire, je ne suis plus pareille. Tom, si. C'est difficile à expliquer. Un truc de filles. Tout le monde sait qu'on est plus mûres que les garçons de notre âge. Ce sont peut-être les livres qui m'ont aidée à grandir, à me jeter dans les bras de Solal. Du *Club des Cinq* à *The Mortal Instruments*, en passant par *Les Colombes du Roi-Soleil*, je suis devenue Charlotte la rebelle qui s'enfuit de Saint-Cyr, ou Clary qui découvre l'univers des Chasseurs d'Ombres et les Créatures Obscures. Après tout, nous sommes entourés d'obscurité dans ce monde que je ne comprends pas toujours. Je me demande encore comment nous avons pu nous comporter ainsi avec Iris. J'ai honte de moi, du lycée entier. Depuis, je cultive ce côté rebelle pour ne pas être une adolescente débile qui croit tout ce qu'on lui dit. Les profs, nos parents ne nous prennent pas souvent au sérieux. Il faut bien se protéger d'eux. Les livres m'aident à cela. Et mon frère Tom, bien sûr, même si nous sommes loin d'avoir de la magie entre les mains. Sinon celle des jumeaux qui s'apprécient toujours.

Ça me donne juste envie d'entendre *Comme une ombre*, de Gims.

Tom

Je ne suis pas super fan des amies de ma sœur, Chloé et Sarah. Je fais semblant, en leur présence, d'être intéressé par leurs bavardages. Emma me pince la cuisse pour me faire comprendre qu'elle n'est pas née de la dernière pluie. J'adore cette expression qui ne veut rien dire et qu'elle a chourée à maman. Tout comme les mots de Chloé et de Sarah qui se mélangent pour moi comme les œufs aux lardons. Je reconnais qu'elles sont agréables à mater. Surtout Sarah et ses longs cheveux châtains qu'elle rejette d'un mouvement de tête sur son épaule. Ses yeux vert clair changent selon ses humeurs. Quand elle est triste, ils sont gris. En colère, presque noirs. Elle met un peu de rouge à lèvres sur sa bouche, et du blush sur ses joues qui lui donne l'air de venir du dehors. Elle tourne autour de mon ami Gaspard, ça me saoule. Je kiffe* ses seins où j'ai plus d'une fois égaré mon regard, à peine caché par ma frange. La première fois, Emma m'a demandé d'aller voir ailleurs, ça lui foutait trop la honte. Mais j'ai beau obéir, mes yeux reviennent à leur hauteur comme un aimant que je ne contrôle pas. Je rêve juste d'y enfouir mon visage. Emma dit que je suis un obsédé.

Ce n'est pas vrai. Ses nichons pourraient tout aussi bien appartenir à n'importe qui d'autre. Sarah, je m'en fiche.

Quant à Chloé, elle est blonde avec des yeux noisette. Elle rit si fort que tous les élèves se retournent à la cantine. J'avoue que j'aime bien quand elle fait ça. On se tape des barres* avec Chloé. Mais elle dit souvent des conneries. Et je la crois raciste. Il suffit de l'observer quand Solal apparaît dans son champ de vision. Elle fait la moue comme si quelque chose dans sa bouche l'écœurait. Elle ne l'embrasse jamais sur les joues, mais dans le vide, en évitant soigneusement le contact. Elle est toujours pressée, et nous plante tous là, sans que personne le remarque, à part moi. J'ai essayé d'en parler avec Emma, mais j'ai senti très vite que je mettais le pied sur une mine. Je l'ai retiré à temps avant que nous nous fâchions, Emma et moi. Je choisis de me taire pour ne pas blesser ma sœur. Elle est la seule à me capter en dehors de Katouta, un beagle que nos parents nous ont offert à notre dernier anniversaire.

Je ne suis pas près d'oublier sa petite tête surgissant du carton, si heureux de nous découvrir qu'il en remuait la queue et en a fait pipi de bonheur. Depuis, il ne tient plus dans nos mains, mais il a pris une place importante dans mon cœur. Et si Emma lui préfère sa peluche Corsaire pour dormir, moi je ne peux pas envisager d'aller au lit sans lui. Il s'allonge dans mon dos sous la couette, se cale bien, étire ses pattes, me lèche le bas du dos et s'endort aussitôt. Dans la journée, il roupille sur un des canapés du salon. Et quand il ne dort pas, il ne pense qu'à une chose : bouffer. Le moindre froissement de papier le réveille, on ne sait jamais. Mon dernier défi n'est rien, comparé aux siens. Il sait ouvrir le réfrigérateur et attraper tout ce qui est à sa portée. Dans la rue, c'est un voleur. Il repère le moindre quignon de pain dans le caniveau et l'avale tout rond. Il chope les parts de pizza à sa hauteur, généralement tenues par des enfants. L'hiver dernier, papa nous a offert un calendrier de l'Avent pour décompter les jours avant Noël. On n'a plus vraiment l'âge pour ça, mais on n'a rien dit. Katouta n'a pas attendu que la première fenêtre s'ouvre pour dévorer le chocolat, aluminium et carton inclus.

Quand je m'allonge sur mon lit, et que Katouta en profite pour poser sa tête sur mon ventre, je me demande si tous les écrivains ont une vie tourmentée. Si un jour j'en deviendrai un. Si une fois je vais croiser le chemin d'une fille terrible dont le regard va me transpercer. Je ne veux pas coucher avec si je suis bourré. Je veux me souvenir. Je veux pouvoir en parler, contrairement à Gaspard et à Timothée. Je veux me rappeler l'odeur de sa peau, le goût de sa langue dans ma bouche, je veux trembler sur elle comme DiCaprio dans *Titanic*. Mais j'ai beau mater toutes les meufs de ma classe, et même du lycée, pas une ne me bouleverse à ce point. En dehors des seins de Sarah, mais ça ne compte pas. Ce n'est pas elle. Ça ne peut pas être elle. On les dirait toutes clonées, blondes, brunes, châtains ou rousses, cheveux longs ou attachés, couettes ou bandeaux, le portable toujours à la main, Snapchat et Instagram, à se photographier dans les couloirs du lycée, de près, de loin, balançant leurs meilleurs selfies ou stories, seules ou en bande, sur les réseaux sociaux. Quand elles ne sont pas sur Tinder, à tchatcher avec un badass* de leur âge. (Quand je pense qu'Emma voulait m'y inscrire, le hess*.) La main sur leur poitrine pour parler d'un mec qui n'est pas moi, leurs yeux roulant comme des billes, se félicitant les unes et les autres, d'une claque main levée, ou cognant leurs petits poings bagués. Le top ten des gars du lycée qui n'ont jamais levé un œil sur elles, pour la plupart en terminale, et qu'elles matent dans les fêtes, comme elles dîneraient au restau avec Robert Pattinson à dix tables de la leur. Je veux le tonnerre et la foudre. L'éclair qui me traverse comme une épée. Je veux la fille qui n'a pas encore mis les pieds dans mon lycée et qui va apparaître en cours de semestre, parce qu'elle vient de loin, des îles, du bord de mer.

Je veux juste écouter *Hymn for the Weekend*, de Coldplay, et fermer les yeux.

Emma

Les parents de Solal ne sont pas plus souvent chez eux que les miens. C'est pratique pour passer un moment ensemble, même si je n'ai jamais amené Solal à la maison, à cause de Tom. Je me fiche bien que maman nous surprenne dans mon lit, il faut bien que jeunesse se passe, comme elle le répète sans cesse. Et puis de toute façon, elle l'a fait bien avant moi. Du moins, je l'imagine. Papa, ça me gênerait davantage. Je suis sa petite fille chérie et je tiens à le rester. Je suis convaincue qu'il regarde mon ours Corsaire avec attendrissement, tout comme Tom portant ses yeux sur Katouta. Mais je ne suis pas en peluche.

Je me souviens quand Solal et moi l'avons fait pour la première fois, moi, et mon stérilet recommandé par l'infirmière du lycée. Solal si prévenant, si doux, et cette tache de sang sur les draps blancs qui m'avait horrifiée après, sachant que l'infirmière m'avait pourtant prévenue.

Pour dire vrai j'ai eu peur d'avoir mal. Mais je me suis laissé aspirer par le bleu pâle de ses yeux, m'accrochant à sa nuque, dans un balancement de mon corps dont je ne me serais pas crue capable. Je n'avais jamais éprouvé pareille sensation. J'ai su qu'il me serait impossible d'en parler. Aussi, quand Sarah et Chloé ont voulu tout savoir, je me suis contentée de baisser les yeux. J'ai juste dit que c'était trop cool. Elles ne m'ont jamais pardonnée de ne pas avoir été plus loin. Surtout Sarah. Chloé a eu l'air de s'en foutre. C'est son genre de ne pas montrer que ça l'intéresse grave.

J'ai repris ma vie comme si de rien n'était, mais impossible de me mentir, elle venait de changer et pour toujours. J'avoue que j'ai préféré la deuxième fois, ou encore mieux, la dixième. Le balancement s'est changé en tornade. Quand on fait l'amour à quinze ans, on est persuadé que ça va être nul, qu'on va tout foirer, une fois de plus. Qu'on ne réussira pas à revenir dans le sillon sur l'eau, derrière un bateau, comme quand on fait du ski nautique. Et pourtant. Finalement on est normal. Je suis normale. J'ai hâte que Tom découvre à son tour ce tour de magie qu'on ne pense pas être capable de réussir. Je suis certaine qu'il sera différent, tout comme moi. Fumer une cigarette après l'amour, ou marcher pieds nus sur le sol, plus rien n'aura le même goût, ni ne me fera ressentir pareille sensation.

Maman a essayé de me tirer les vers du nez. Elle sent tout, comme si son odorat s'en allait à des centaines de kilomètres. J'ai nié, je n'ai pas envie d'en parler avec elle. Déjà qu'avec mes copines je n'y arrive pas... Et ma mère n'est pas ma meilleure amie. De toute façon, avec son métier, je suis certaine qu'elle l'a su au moment précis où je suis rentrée chez moi ce jour-là. Je ne doute pas qu'il soit utile de s'allonger dans son dos, pour chercher à se délester d'un poids, mais en ce qui me concerne, non merci. Maman ou n'importe quel autre psychanalyste. J'aime ma liberté. Je n'ai pas envie de sonder mon âme. Si j'ai un problème, j'en parle avec Sarah et Chloé. Ça va mieux après. Et quand on lit avec Tom sur le banc, assis à chaque extrémité, le simple fait de le savoir là tout près de moi m'apporte l'insouciance et la douceur dont j'ai besoin, comme l'air pur que je respire.

Je sais bien qu'il n'est pas si pur, cet air. Surtout avec ce que je fume. Moins de plastique, je suis pour. La fonte des glaces, je suis contre. D'ailleurs Tom et moi sommes descendus dans la rue pour le crier, au cours d'une grande manifestation contre la détérioration du climat, tous ensemble avec Solal, Sarah et Chloé, Timothée et Gaspard, et tout le lycée, même les profs.

Ma vie toutefois n'est plus tout à fait la même, depuis l'année dernière. Nous évitons toutes et tous de parler d'Iris. C'est le sujet qui fâche. Une fille de terminale qui s'est pendue après avoir été harcelée par tout le lycée. Chacun d'entre nous ayant participé à sa mort, il nous est difficile de vivre comme si rien de tout cela n'était arrivé. Pourtant, aucun élève n'ose prononcer son prénom. Les autres le feraient taire aussitôt. J'étais en troisième, j'ai craché sur son passage, j'ai laissé de nombreux messages insultants sur son répondeur. Jamais je ne me le pardonnerai.

Sarah

N'empêche qu'elle est chanceuse, Emma. À ses genoux, les deux chevaliers les plus sexy du lycée. Le premier, son frère, a beau être au top, il lui manque quelque chose. Il y a dans son comportement un truc qui me fout les pétoches. Son regard, peut-être, un bleu métal aussi tranchant qu'une lame. Sa dégaine de ouf avec ses blousons en cuir et ses jeans troués. Personne ne sait vraiment ce qu'il aime. À commencer par lui. Moi j'ai mon avis. Je pense que les garçons, c'est sa came, mais qu'il ne veut pas le voir. J'étais là quand il a embrassé Aaron. On voyait bien que ça lui plaisait. Peut-être même que le défi lancé par Gaspard l'a aidé à franchir le pas. Chloé est de mon avis. C'est vrai que Chloé est toujours d'accord avec moi. Ce n'est pas pour rien qu'on est copines comme cochonnes.

Quand Tom mate mes seins, j'aimerais être ailleurs. S'il ne s'agissait pas du frangin d'Emma, je l'aurais mis en quarantaine. Tom est un ado pas fini, plutôt mal barré avec tout ce qu'il boit. Je l'ai vu avec Gaspard et Timothée et leurs concours à la con, sucer les bouteilles au goulot jusqu'à la dernière goutte. Pas étonnant qu'il n'y en ait jamais assez et qu'on termine les soirées à se disputer le jus d'orange d'Emma.

Moi j'ai un penchant pour Gaspard. Un bad boy mais rien à voir avec Tom. Il faut le voir marcher en bombant le torse, se retournant pour juger de son effet sur nous, les meufs, surtout moi avec mes yeux qui s'affolent tout comme mon cœur qui bat si fort que j'ai peur que ça s'entende. Chloé dit que ça doit être cool de passer sa main sur ses cheveux en brosse. Je n'aime pas quand elle dit ça. Pas touche. Gaspard est à moi, chevelure incluse. Déjà qu'Emma se tape le keum le plus chaud du lycée. C'est bien ma veine de ne pas l'avoir repéré en premier. Et puis Emma a tout, elle est belle, douce, intelligente avec ça, elle lit au moins un livre par semaine. Je les déteste, elle et son frère, quand ils s'installent sur le banc pour lire, comme si on n'existait pas, surtout moi qui fais des signes à Emma. J'ai l'air d'une conne à agiter ma main pour rien.

Moi je préfère les mecs aux livres. Bon, j'ai surtout roulé des pelles jusque-là, des babioles, et je me suis fait peloter les nichons comme si ces gars-là pétrissaient une pâte à tarte. Je fumais une clope la dernière fois pour me donner une contenance et ne pas éclater de rire. Les garçons n'aiment pas qu'on rie d'eux. Je suis une brave fille qui se laisse faire, histoire de ne pas dire qu'elle n'y connaît rien. En attendant je fais du yoga pour m'assouplir. C'est déjà ça. Emma me le répète assez souvent. Au lycée il vaut mieux être vierge que pute. Ne rien tenter le premier soir, ni le deuxième. Attendre que le gars éprouve des sentiments, bla bla bla.

Je connais bien Emma. Avant Solal, elle n'a pas été si innocente que ça. Comment s'appelait-il déjà, celui qui la galochait pendant des heures ? Baptiste. Oui, c'est ça. Je l'ai bien connu aussi. Il est parti vivre en Colombie avec ses parents. Quand on est adulte on a le droit d'être une salope, mais pas à quinze ans. C'est injuste. Je ne peux pas en parler à Emma qui pense que Gaspard est un porc, même si elle admet qu'à jeun c'est un beau gars. Je m'en fiche bien de passer après les autres. Parfois il faut savoir attendre. C'est ce qu'on fait quand on est ado. On ne fait que ça, d'ailleurs. À part Iris, bien sûr, qui s'est précipitée sur les garçons comme si sa vie en dépendait. C'était le cas, d'ailleurs, puisqu'elle s'est pendue. Quelle idée aussi de se taper tout le lycée. Personne ne peut comprendre un truc pareil. Ni sa mort, non plus. Elle nous laisse le sentiment d'avoir avalé un truc avarié à la cantine. On en a toutes des nausées rien que d'y penser. On ne verra plus jamais Iris. Je préfère oublier tout ça. Me concentrer sur mon bad boy. Quelque chose me dit que Gaspard n'aura plus envie du reste des filles, avec ma pomme. Je vais le rendre dingue de moi. Je le sais, c'est tout.

Je mets mon casque et écoute en boucle *If I Were a Boy*, de Beyoncé.

Tom

Nous les ados, on est mal dans notre peau. On aimerait muer plus vite, se débarrasser du mal qui circule en nous comme un sang pollué. À commencer par la voix qui bascule en un rien dans les aigus si on ne la contrôle pas. Ça craint. Et cette peau blanchâtre où s'égarent trois poils sur la poitrine. Nul. Une peau couleur du lait qu'on boit à chaque petit-déjeuner pour nous le rappeler. Et tous ces vilains petits boutons qui s'éparpillent un peu partout, surtout sur le visage, qui nous font presque regretter toutes les sucreries dont on est maboul. Les percer revient au pire, ils grossissent, tournent au violet et se voient encore plus. Et cet air dégingandé, qui se veut super cool, alors qu'on ne sait pas où poser nos pieds et encore moins se tenir debout, ne sachant pas quoi faire de nos bras qui se balancent, un peu comme ceux d'un singe. On passe du rire aux larmes, on a le seum*, rien ne va, puis tout va sans qu'on sache pourquoi.

Quand je ne lis pas, j'écoute de la musique. Je fais des playlist pour le club de sport de papa ou pour les fêtes. Sous mes écouteurs, je ne suis plus un ado débile qui se cherche. Dans la rue, au lycée, je me cache souvent dans cette musique qui me fait grandir. Je me sens invincible, je n'ai plus quinze ans. J'essaye de ne pas penser à Iris. J'imagine un grand clip géant où les gens, en marchant, dansent pour moi. Certains ont le rythme, d'autres pas. Comme dans la vraie vie.

Emma et moi, on kiffe Billie Eilish. Des airs hyper-mélancoliques et dépressifs. On aime la croix et les chaînes autour de son cou, ses cheveux bleus ou blancs ou noirs ou verts, ses larmes bleues qui coulent sous ses paupières comme de l'encre, ses yeux rarement grands ouverts, tristes, comme Katouta quand il s'endort et part dans les limbes. Je prête un de mes écouteurs à Emma et on écoute en boucle *Bad Guy*.

« Je ne suis bonne qu'à être mauvaise. » C'est ce que nous pensions tous d'Iris, sans la connaître. Nous l'avons tous jugée, sans lui laisser le temps de s'expliquer. J'ai tapé sur mes cuisses, sifflé cette meuf comme je le fais avec Katouta. J'ai tiré la langue sur son passage comme tous mes potes. Pas un seul moment je ne me suis demandé ce que j'aurais fait avec un peu de jugeote. Je l'ai laissée se pendre. Si un jour je peux réparer mes torts envers Iris, je le ferai sans hésiter. Mais je ne vois pas comment. Ce n'est pas un hasard si je me mets tant à l'envers. Il faut bien passer à autre chose.

Dans les fêtes du week-end, je suis très attendu, je fais le DJ. Il y a toujours des parents absents et un appartement dispo. Heureusement pas chez nous, car quand je vois l'état des lieux à l'envol, je plains celui qui va tout nettoyer derrière nous. Enfin quand je m'en souviens et que Gaspard ne m'a pas lancé un défi. Et tandis que je fais grimper l'ambiance avec des morceaux de ouf qui tapent et résonnent dans nos têtes, les fillettes un peu bourrées viennent me voir parce que je les fais toutes danser. Elles aimeraient bien aller plus loin, m'embrasser la bouche et me tripoter comme le caniche ou le chihuahua qu'elles finiront par avoir un jour. Je les repousse comme une horde de fans qui m'empêche de bosser. Je veux galocher* une fille qui me bouleverse. C'est à ce moment-là que Timothée et Gaspard font leur apparition, en embarquent plusieurs, et je ne les revois plus de la soirée.

Je me mets en pilote automatique, le portable coincé sur sa base, et je retrouve Emma sur la piste et nous dansons ensemble quand Solal n'est pas avec elle. Pas sûr qu'il m'apprécie, le boy friend. J'ai même l'impression qu'il m'évite la plupart du temps. Je me garde bien d'en parler avec ma sœur. On danse super bien, Emma et moi. Il faut dire qu'on s'est beaucoup entraînés à la maison, devant le grand miroir du salon, quand les parents n'étaient pas là. Ça finit toujours par un cercle, avec nous dedans, suivant chaque basse, chaque percussion, comme possédés, oui, possédés par la musique. Les danseurs nous applaudissent.

Après je bois des verres, l'un après l'autre, je me grille plusieurs cibiches, Solal a récupéré Emma, les meufs se désintéressent de moi, tant mieux, mes potes sont sûrement dans une chambre à l'étage. Je ne veux pas savoir. Je rentre à pied chez moi, mes écouteurs aux oreilles, guidé par le Google Maps de mon portable que j'ai pensé à récupérer, cassant l'ambiance, avec la voix de cette connasse qui me dit d'aller à droite, puis à gauche, ou l'inverse, et qui, une fois chez moi, m'annonce que je suis arrivé à destination, au cas où je serais trop bourré pour reconnaître les lieux.

Emma

Nous avons de la chance d'avoir des parents aussi cool, comparés à ceux des autres élèves. Au lycée, les divorces, c'est comme les cours de math, il y en a tous les jours. J'additionne les copines que j'ai dû consoler, et Tom ses potes. C'est toujours les ados qui trinquent. Nous n'avons rien demandé. Ni à vivre ni à nous taper les disputes de nos vieux. Et puis franchement, si c'est juste une histoire de cul, ce n'est pas bien grave. S'ils s'aimaient vraiment, les parents, ils se pardonneraient l'un à l'autre d'être allés voir ailleurs.

Nous sommes rarement punis, Tom ou moi, car on se garde bien de leur raconter nos life. Nous allons à l'école à pied, c'est à quinze minutes de chez nous. Quand on en revient, ils sont rarement là avant vingt heures et plus personne ne nous garde depuis notre quatorzième anniversaire. Notre seul devoir est de mettre la table. Ils nous font confiance. Ils savent qu'aucune fête n'aura lieu à la maison quand ils ne sont pas là. C'est comme les forfaits sur nos portables, si on ne les dépasse pas tout va bien. Bon, évidemment, je n'ai pas encore parlé de Solal, mais je suis certaine qu'ils vont l'adorer. Enfin, papa, je ne sais pas. Il va vouloir tout savoir de Solal. Que font ses parents dans la vie, quelles sont ses intentions, un truc qui fout la honte, c'est pour ça que je n'amène pas Solal à l'appart. Et pour Tom, bien sûr, qui serait capable de jouer au con.

Par contre, j'ai rencontré les parents de Solal, ils sont vraiment top. Sa mère me serre dans ses bras comme si j'étais sa fille. Son père fume une cibiche avec moi à la fenêtre grande ouverte de leur salon et je l'écoute parler de son boulot. Il bosse en usine dans Paris, à la chaîne, sur des outils de précision. Il se charge de remplir les cartons de polystyrène. Puis de les refermer au bout de la chaîne. La reum* de Solal est infirmière. C'est pour ça qu'on fume à la fenêtre. C'est elle qui nous y envoie. Au travail, elle dit qu'elle se sent utile, même si elle ne compte plus ses heures supplémentaires. Ils forment un couple hyper-cool. Solal kiffe trop que j'aime ses parents.

Un après-midi où nous n'avions pas cours à cause d'une grève, on a bien failli se faire choper par sa daronne qui est repassée à la maison pour se changer. Solal et moi étions au lit, dans les bras l'un de l'autre, quasi endormis. Quand la porte a claqué, je me suis levée d'un bond et j'ai sauté dans mes vêtements. Solal en a fait autant. On a retapé le lit vite fait et on a allumé la télé dans sa chambre. La maman de Solal a passé la tête, après avoir frappé.

« Tout va bien, les enfants ? Que faites-vous ici à cette heure-là ?

– Grève des profs, a répondu Solal. Pas cours aujourd'hui.

– Ah », a dit sa mère. Puis, se tournant vers moi : « Emma, je crois que ton pull est à l'envers. »

Elle a refermé la porte sur un joli sourire, tandis que je rougissais comme une tomate transgénique.

Parfois je parle de Solal à Tom. Enfin, j'essaye. Je fais attention aux mots qui sortent de ma bouche. Je connais trop bien mon frère pour savoir qu'il ne me demandera rien. J'aimerais bien qu'il ait une copine. Pas Sarah, c'est ma meilleure amie. Seuls ses seins l'intéressent, d'ailleurs. Ça m'embarrasse trop. Non, une fille différente, cool, qui fasse attention à lui. Je désespère un peu. Je l'ai cherchée, cette meuf, dans tout le lycée, même en terminale. Je suis allée aussi sur Tinder, mais Tom a levé les yeux au ciel en me traitant de barge. Alors en attendant je lui parle de Solal. Je dis la chaleur de son corps, ses gestes lents et attentionnés, cette manière qu'on a de se perdre dans le regard de l'autre. Je n'en dis pas plus, je vois bien que Tom n'est pas à l'aise. Je tente juste de l'habituer à mon bonheur d'être avec Solal. Tom me couvre parfois. Il m'avertit par texto quand les parents rentrent plus tôt. J'annonce, en arrivant, que je buvais un diabolo menthe avec Chloé, et ça passe crème*. Je sais depuis longtemps qu'il ne faut jamais développer une histoire, sinon je m'embrouille. Quelque chose de simple qui tient en quelques mots sonne plus juste. Je pourrais faire passer n'importe quoi. Bon, je fais attention, moi et mon stérilet, à ne pas tomber enceinte. Ce serait la cata à mon âge. Et la plus horrible des situations pour présenter Solal à mes parents.

Tom

Le problème quand on est puceau, c'est d'imaginer qu'on le restera à jamais. Je regarde mes potes Gaspard et Timothée, même Emma, et je me fais l'effet d'être à la traîne, d'avoir été abandonné dans un terrain vague. Le pire est d'écouter leurs exploits qui me donnent envie de grimper sur le toit de l'école et de hurler pour ne rien entendre. Je ne peux pas m'extraire pourtant, alors j'absorbe ces mots qui entrent en moi par mes oreilles, que je respire par le nez, avant qu'ils ne rebondissent sur mon ventre pour mieux s'enfuir. D'un côté, ils me donnent envie d'essayer un jour, de l'autre ils me dégoûtent comme si je m'étais enfilé plusieurs éclairs au chocolat et qu'on me proposait un baba au rhum. Quand Emma tente de me parler de Solal et qu'elle me décrit son corps de métis, lisse et musclé, j'ai juste envie de gerber. Je vois ses mains blanches sur le caramel de sa peau et je ne le supporte pas. Je n'arrive pas à croire que ma sœur jumelle a franchi la barrière et qu'elle me nargue du côté des gagnants. Quant à Gaspard et Timothée, ils enchaînent les filles, comme moi les clopes. J'ai la vision d'une mêlée de rugby où l'on ne distingue plus les têtes des jambes. Les meufs se mélangent comme les mots dans un papier froissé entre leurs mains. Leurs langues se confondent avec celles de mes potes. Leurs cheveux se nouent entre eux comme des nœuds marins. Et mes frères à me raconter leurs soirées se confondent avec leurs proies à m'en donner le tournis. Je me réfugie sur mon banc et retourne à la lecture. Quand je suis paumé, c'est la seule chose qui me calme. J'ai surligné les passages qui m'apaisent dans le livre de J. D. Salinger *L'Attrape-cœurs*, de loin le bouquin le plus bouleversant.

« Les filles. Bordel. Elles peuvent vous rendre dingue. »

J'en oublie tous les défis stupides que je relève avec Gaspard et Timothée. Comme traverser en dehors du passage piétons et toucher la voiture devant moi. Ou finir une bouteille de vodka un soir de fête, allongé au sol, la bouche grande ouverte, tandis que Gaspard verse le contenu et que Timothée me maintient au sol.

Je ne sais pas si J. D. me comprend mieux que mes parents. Après tout, les miens sont là pour veiller sur moi, m'interdire ce qui n'est pas bon pour moi, m'aider à grandir. C'est l'autorité avec un grand A. Même si j'ai l'âge de tout remettre en question, à commencer par ça. À quinze ans, on s'en fiche un peu, qu'elle vienne d'un prof ou d'un parent. Il suffit de ne rien dire, de faire comme si on était d'accord avec le sermon, et tout retombe, comme un soufflé au fromage foiré. Acquiescer, genre ado sage qui a bien compris, ça marche, quasiment à chaque fois. Avec mes potes, c'est parfois difficile de dire non. On est pris dans une sorte de mouvement, comme ces oiseaux qui volent ensemble dans le ciel, et se déplacent toujours en meute. On a tous envie d'être différents, mais les conneries, c'est toujours en bande qu'on les fait. À commencer par Iris.

J'ai lu un jour que J. D. Salinger a commencé l'écriture sous son drap à la lampe de poche dans son pensionnat en Pennsylvanie. J'ai essayé. Mais je n'éclairais qu'une page blanche. Je ne suis pas encore prêt. Pourtant je sais que j'écrirai plus tard. Grâce à *L'Attrape-cœurs*. Enfin, j'espère. Parce que je suis un solitaire. Parce que j'ai des choses à dire, enfin je crois. Parce qu'on peut écrire « bordel » dans un livre.

Emma

Maman m'a envoyé un texto dans la journée. Les parents ont un dîner ce soir, ils rentreront tard. Elle me supplie de ne pas en faire autant et d'être au lit à minuit, tout comme mon frère. Yes. Je le montre aussitôt à Tom. On se sourit. La tante de Sarah est partie en week-end, on a prévu une mégateuf et pas besoin de dire qu'on doit réviser nos leçons chez des potes pour y aller.

Le plus difficile dans l'organisation des fêtes, c'est l'alcool. À moins de dévaliser les caves de nos parents et d'être punis ensuite, la meilleure des solutions reste l'épicier du coin. Il sait tout comme nous que c'est interdit de nous vendre un truc pareil, mais les temps sont durs pour tout le monde. On y va à six ou huit, et chacun achète un combustible pour la soirée. Whisky. Gin. Vodka.

Moi je m'en fiche un peu, je ne bois pas. Tom par contre picole pour deux. Il m'arrive dans certaines soirées de ressentir une certaine ivresse, sans avoir bu la moindre goutte. Parce que nous sommes jumeaux ? J'ai souvent un œil sur Tom et ses maudits défis avec Gaspard. Je me souviens encore de la nuit où il a sauté dans la piscine, tout habillé, en plein hiver. On a dû marcher jusqu'à la maison, lui dans un tee-shirt géant emprunté au père du garçon qui recevait, et ses pieds qui faisaient floc floc dans ses baskets, tenant à la main ses vêtements dégoulinants. Ou de celle où il a embrassé un garçon à pleine bouche avant de lui vomir dessus, ivre mort, et moi morte de honte pour ce pauvre Aaron. Je me suis demandé si Tom n'avait pas une attirance pour les garçons, ce qui expliquerait beaucoup de choses, à commencer par les filles, qui visiblement ne l'intéressent pas. Mais Tom m'a juré que non, que c'était encore un pari à la con avec Gaspard qui en plus lui avait désigné le garçon en question.

« Je n'ai pas eu le choix », a-t-il ajouté comme à regret.

Des fois ça m'inquiète. Pas que Tom s'intéresse aux garçons, je crois qu'il n'aime personne vraiment, en dehors de moi et de Katouta. Mais il boit trop dans ces fêtes de lycée qui s'enchaînent semaine après semaine. J'ai essayé de raisonner Gaspard et Timothée. Je les ai suppliés de ne pas entraîner mon frère à exécuter toutes ces conneries, ces défis extrêmes qui risquaient de mal finir. Ils m'ont regardée bouche ouverte, sans rien dire. Autant parler à des chèvres. Ces deux-là font la paire, ils sont aussi cons l'un que l'autre. Sarah mérite mieux que Gaspard. Je ne sais même pas ce que Tom leur trouve. Sinon qu'il se perd un peu plus, à chaque fois, à travers eux. Solal ne veut pas s'en mêler.

« C'est une affaire de famille. Il ne faut pas intervenir, car, quoi que je fasse, tu m'en voudras. »

Ces garçons-là enfilent les verres comme nous les perles sur un fil, avec une maîtrise surprenante. Du moins au début. Je les vois souvent monter à l'étage avec des meufs différentes, toujours bourrées, et ça me fait peur. Je ne veux pas savoir ce qui se passe derrière ces portes fermées à clé.

Au moins Tom ne les suit pas, il fait le DJ, s'éclate avec sa musique, danse près de ses platines, une main tenant le portable et l'autre le poing levé, mèche tombante, seul dans sa bulle, parfois dérangé par des filles un peu faciles, surtout saoules. Dans les fêtes, il faut savoir se tenir un peu pour passer une belle soirée. Moi je n'ai aucun mérite, je ne bois que des jus de fruits. J'ai le rythme dans la peau et j'ai toujours envie de m'amuser à condition que Solal ne soit jamais trop loin. Je ne suis pas idiote. Dans ces fêtes, ces bitchs sont prêtes à tout pour trouver un gars à leur goût. Une fois qu'elles sont pleines elles ne font plus la distinction entre mec dispo ou en couple. J'ai de la chance d'avoir Chloé et Sarah comme copines, elles ne m'ont jamais fait de sale coup, même avant Solal. Je peux compter sur elles.

Nous, on veut bien tomber amoureuses, mais surtout ne pas coucher le premier soir, c'est une règle. Ni le deuxième. On doit être sûres que le garçon éprouve des sentiments. Celles qui le font trop tôt sont des putes. Tant pis si elles étaient saoules, nous, les filles faciles on n'aime pas. C'est pour ça qu'on s'est toutes conduites comme des connes avec Iris. Les meufs ont eu peur de perdre leur mec. Et puis une beauté pareille qui chevauche les garçons comme ça, c'est une claque pour nous toutes. On n'est pas assez sûres de nous. On se dit qu'une fois de plus, on va tout gâcher. Que jamais on ne ressemblera à cette amazone fière et rebelle. Qu'elle ne peut pas nous renvoyer à nos peurs, à nos hésitations, sans s'attendre à nos ongles, nos dents, nos mots orduriers. Les garçons, eux, ont su très vite qu'Iris ne serait pas à eux. Qu'elle était trop libre pour en choisir un, quand elle pouvait en avoir cent. Jamais ils ne sont aussi solidaires que quand ils se sentent menacés. Certes ils se conduisent souvent comme des salauds, pas question pour nous de leur ressembler.

On en parle suffisamment entre nous, on s'épaule, on se soutient. Mais on évite Iris dans nos conversations. On en a peur. La fille qui s'est pendue nous serre trop la gorge, comme si l'évoquer revenait à se passer une corde autour du cou.

J'ai de la chance d'avoir rencontré Solal. Dans une de ces soirées d'ailleurs. On a discuté une bonne partie de la nuit, j'ai dû rentrer par l'arrière de la maison pour ne réveiller personne. L'échelle mène directement à ma fenêtre, au premier étage, que je laisse entrouverte. Solal m'a accompagnée jusqu'à la ruelle puis il s'est évanoui avec un seul baiser. J'avoue que la seconde joue a râlé. On s'est vus tous les jours pendant presque un mois avant de se décider. Je pense que Solal aurait bien voulu avant. Ce sont des choses que les filles sentent. Mais il a attendu que je sois prête. Tous les garçons ne sont pas des porcs.

J'écoute une de mes chansons préférées, *Pretty Hurts*, de Beyoncé.

Timothée

Je ne sais pas comment je tiens debout, alors que tout s'écroule autour de moi. Peut-être parce que j'ai Gaspard, mes autres potes et le lycée pour oublier le pire.

Je ne comprends pas pourquoi ma mère accepte toute cette violence, ces gestes qu'elle ne tente même pas d'esquiver. Mon père est un grand malade, il doit se faire soigner. Même au boulot, il ne peut pas s'empêcher de cogner. En plus des blâmes, il a perdu plusieurs fois son job de chauffeur. Les voisins ont porté plainte. Un conducteur qui lui avait refusé la priorité aussi, mais rien n'y fait. La police constate et se casse. Elle s'en balec*. C'est dans ses gènes à lui. Il dit qu'il n'y peut rien, comme si c'était la faute de mon grand-père. J'essaye de ne pas lui ressembler, mais c'est difficile. La colère monte vite en moi. Et je ne sais pas toujours la calmer.

Plus d'une fois j'ai emmené ma reum aux urgences. J'ai attendu des heures qu'on s'occupe d'elle, balançant mes jambes, assis sur un siège, évitant de regarder ailleurs, jusqu'à ce qu'un infirmier me la ramène, rafistolée, après une énième chute dans l'escalier. C'est ce qu'elle dit aux médecins à chaque fois pour avoir la paix.

J'ai une grande sœur, Miranda, qui s'est tirée depuis sa majorité et ne veut plus entendre parler de nous. Je l'appelle parfois. Je lui laisse de longs messages sur son répondeur. Elle ne rappelle jamais. Je l'envie d'avoir su couper les ponts. Je ne sais pas si elle a fait des études ou non. Si elle est mariée, si j'ai des neveux. Je lui raconte ma vie à moi, rien de génial. Je lui dis que le père malmène encore notre mère, qu'elle pardonne, que je me tape des gadjis* et des verres pour oublier. J'avoue que j'ai chouré de l'argent dans son portefeuille à lui, plusieurs fois, et qu'il est trop à la masse pour s'en rendre compte. Grâce à ça, je paye les tournées et j'achète des bouteilles pour les fêtes. Le lycée me kiffe pour ça, on me voit comme un mec bien pour la première fois de ma vie.

J'ai du mal à parler avec ma reum, qui veut que je vienne à l'église le dimanche matin. Elle dit que c'est le seul endroit où elle se sent en paix. C'est vrai que papa n'a jamais levé la main sur elle dans un endroit pareil. On se les caille dans son paradis. Je ne pige pas que maman ne s'y réfugie pas davantage. Moi, je n'y suis jamais à l'aise. Y a que des viocs ici. Et c'est un miracle que je n'y gerbe pas après les fêtes du samedi soir.

Comment peut-elle accepter autant de coups et ne pas lui en vouloir ensuite ? Je n'arriverai jamais à l'admettre. Si c'est ça l'amour, je n'en veux pas. Je préfère passer d'une fille à l'autre, et surtout ne pas m'attacher. Ce verbe dit tout. Pas besoin de corde pour exulter. J'ai vu où cela a mené Iris. Je l'aimais bien, cette meuf. J'étais en troisième quand je me la suis faite avec Gaspard. Nous n'étions pas les seuls. Solal aussi. Et une bonne vingtaine de potes. Le genre qui ne s'incrustait pas, qui réalisait que pour être libre, il faut être seule. Ça m'a fait quelque chose quand même, quand elle s'est pendue. Je me suis dit que la liberté avait un prix, un chemin que ma mère n'a jamais voulu prendre.

Comment peut-elle lui dire qu'elle l'aime encore ?

Parce qu'elle s'est habituée aux coups, qu'elle finit par les réclamer, comme un dû ? Un jour je pourrai la venger. Je l'ai fait déjà. Mais mes poings ne sont pas assez mûrs. Sa baffe à lui m'a fait perdre conscience.

Je pousse à la salle* avec Solal parfois. Je m'endurcis. Je cogne sur des élèves de troisième et de quatrième pour m'entraîner. Rien de bien méchant. Je mesure la peur que je leur inspire en attendant de frapper mon père pour lui rendre la pareille. Solal pense que ce n'est pas une bonne idée, que je suis incapable de mesurer la colère que j'éprouve envers lui depuis toutes ces années. Que je pourrais le buter en m'acharnant contre lui. C'est possible. Gaspard dit que je ne suis pas comme lui et qu'il est temps que je tombe amoureux d'une fille. Gaspard se plante. C'est en moi.

À mes potes, je dis juste que mon père a la main lourde. J'écoute Gaspard me parler de Sarah et de son envie grandissante de se la faire, même qu'il pourrait se ranger avec une fille pareille. Solal crache sur Tom qu'il ne peut vraiment pas saquer. Il se demande si Emma en vaut vraiment la peine, s'il ne s'est pas engagé trop vite. Qu'est-ce que j'en sais, moi, des sentiments qu'on ressent ou pas ? Mon cœur s'est tellement durci qu'il ne bat plus depuis bien longtemps. Je ne sais même pas si je vis encore.

J'en ai assez de voir maman dans des états pareils. Et depuis ce temps, je m'étonne de l'aimer autant. Jamais je ne pourrai pardonner quoi que ce soit à mon père. Je ne suis pas près de ressentir la même chose pour une fille. Les sauter me suffit. Et qu'elles n'insistent pas trop, parfois j'ai le poing qui me démange.

Tom

La nuit est bien avancée. La maison de la tante de Sarah est cool. Il y a une grande terrasse et une piscine éclairée autour de laquelle nous sommes tous rassemblés. J'ai placé mon portable sur un socle près de la chaîne. La musique sort du salon et se répand dehors. Les filles dansent d'un pied sur l'autre, un bras en l'air, le portable à la main, on ne sait jamais qui peut leur envoyer un cœur à cette heure tardive. Ce serait dommage de le rater. Les garçons rôdent, se tenant par les épaules, matant les jambes des danseuses. Emma s'est isolée avec Solal dans le jardin, un peu plus bas. Ils se sont assis sur une balançoire et s'embrassent sous la lune rousse. Gaspard danse avec Sarah qui a abandonné sa tête sur son épaule. Timothée est allongé sur la margelle près de la piscine. Il regarde les étoiles. Je pense à Rimbaud, qui a écrit ses premiers poèmes à quinze ans. Pourquoi pas moi ? Qu'est-ce que j'attends pour le faire ?

La soirée s'achève calmement. Pas de défi ce soir, pas de folie. J'ai bu moins que d'habitude. Malgré toutes les bouteilles apportées, l'alcool a manqué très vite. Il ne reste que du jus de pomme. Ce sont des choses qui arrivent. Beaucoup sont venus les mains vides, trop raides pour en acheter, ou parce qu'ils ont oublié, ou simplement pour tiser* les bouteilles des autres. Je ne saurais exprimer ce que je ressens quand la picole coule dans mes veines. Je prends de l'assurance. J'oublie tous mes soucis. Même si à quinze ans, avec les parents que j'ai, je n'en ai pas des masses. En dehors d'Iris. Au lycée, j'ai d'excellentes notes, meilleures que celles d'Emma. Il faut dire que j'ai beaucoup de facilité à apprendre et retenir.

J'ai juste envie d'entendre battre mon cœur. Je veux m'allonger comme Timothée sur la margelle, mais pas seul. Je veux une meuf douce et belle qui me tienne la main et me donne envie de lui écrire un poème. Je sais bien qu'Emma ne veut plus que je tienne la sienne. « On est trop grands, Tom », me dit-elle à chaque fois en la retirant légèrement. Elle va sûrement épouser Solal et avoir des tas d'enfants. Je serai un oncle hyper-crème. Je n'en veux pas à Solal, c'est un mec bien, je crois. Il mérite Emma. Par contre, je ne suis pas sûr de lui plaire. Une évidence, sauf pour ma reuss*. Je veux danser avec Sarah, pour que sa tête repose sur mon épaule et qu'elle ne soit plus Sarah mais une autre qui m'aimerait. C'est une soirée banale, désespérément semblable aux autres. Je ne veux plus penser à Iris. Aucune fille ne sortira de derrière un arbre et ne s'avancera vers moi comme une évidence. Et j'ai beau fixer l'eau bleue, aucune sirène n'en surgira pour m'emmener dans le tréfonds d'une piscine à double fond.

Dans la vraie vie, la magie appartient à ceux qui y croient. Les livres m'apportent ça, et m'emportent plus loin que les tempêtes, dans des contrées imaginaires où il fait bon vivre. Peut-être que je n'aurais pas dû naître à cette époque. Je ne sais pas ce que je veux en réalité. Je rêve souvent d'une personne dissimulée sous un voile blanc qui s'approche tandis que je tente de lui ôter sa coiffe. Et plus j'essaye, plus cette ombre s'éloigne. Je ne sais même pas si c'est une meuf ou un mec. Ni ce qu'elle me veut. Je ne le saurai jamais car je suis incapable d'attendre les bras croisés. Je ne peux pas m'empêcher de vouloir arracher ce voile pour savoir qui je suis vraiment. Et je déteste ce rêve qui a tout d'un cauchemar. Je me réveille en sueur, bondissant du lit comme si j'étais allongé dans un nid de serpents. Personne n'est au courant, même pas Emma. C'est la seule chose qu'elle ignore de moi et je sais que ce rêve récurrent nous sépare un peu plus chaque jour. Mais je ne saurais dire pourquoi.

Sarah et Gaspard sortent de la maison, leurs mains emmêlées. Y a des garçons qui aiment ça, le rouge à lèvres. Ils sont d'ailleurs facilement repérables et les filles qu'ils embrassent pareil, à cause de leurs bouches frottées au torchon. Un peu comme Sarah et Gaspard maintenant. Je dis ça, je dis rien*. J'ai bu pas mal, mais trop fumé. Je dois sentir l'évier bouché. La fête vient de finir. Timothée est parti de son côté sans me dire au revoir. Le genre de pote à jamais raconter sa life. Mais toujours là quand tu as besoin de lui. Gaspard pense que ça chauffe chez lui. En tout cas si Timothée veut me parler un jour, je suis là.

Solal nous raccompagne, Emma et moi. Nous serons rentrés avant minuit, maman peut dormir tranquille. De toute façon, nous habitons tous pas loin les uns des autres. Les amoureux se tiennent par la main. Je suis un peu jaloux. Mon visage se renfrogne dans l'obscurité. Mais nous ne sommes pas jumeaux pour rien. Je sens la caresse d'une main me chercher. J'attrape les doigts d'Emma et nous nous enfonçons dans une nuit claire, avec au-dessus de nous une lune rousse aussi plate qu'un fond de poêle. Au-delà, c'est la Seine, et le cortège de marcheurs qui nous précède. Dix minutes et nous serons rentrés chez nous. C'est con pour Solal. Il devra se taper le chemin inverse pour retourner chez lui.

Gaspard

Les filles me rendent dingue. Surtout Sarah. C'est la première fois que je ressens quelque chose. Un truc qui me fait souvent penser à elle. Difficile de ne pas la repérer dans les fêtes. Au début c'est la plus sage, elle dodeline de la tête sur des airs qu'elle reconnaît, fait un repérage avec ses beaux yeux verts comme si elle vérifiait que nous étions tous là. Que j'étais là surtout, car elle s'arrête un instant face à moi, me balaye de son laser avant de twerker* en me tournant le dos. Une fois, j'aurais pu croire au hasard, mais chaque fois qu'elle danse, elle m'offre son cul tremblant, et ça m'a rendu fou.

Timothée s'en fiche bien, tant qu'on s'amuse, qu'on picole, et qu'on ramasse n'importe qui en fin de soirée ; c'est un peu les soldes, tout est au rabais. Difficile à capter, je sais. C'est une affaire entre mecs, à celui qui tient le mieux l'alcool et forcément se tape à la fin une nana pas chiante, qui se laisse rouler des pelles, voire davantage. On est des guerriers. Timothée n'est pas le genre à s'amouracher facilement. Ça lui va très bien, cette virée entre copains dans les fêtes, avec nos défis à la con que Tom accomplit à la perfection. Timothée a peur d'être ridicule. On finit vite dans une vidéo qui tourne sur le Net, à hurler comme des porcs pour un rien. Ou sur les portables des lycéens, comme avec Iris. Pas vraiment fier d'être celui qui lui roulait des pelles, tandis que Timothée exécutait son rodéo. On était vraiment faits, ce soir-là. Un truc qui a dégénéré si vite qu'on n'a rien vu venir. J'en suis malade rien que d'y penser. Je l'aimais bien, Iris. Son regard exprimait une lueur de folie qui nous rendait tous dingues à notre tour. Au point de la siffler, de se claquer les cuisses, de la couvrir d'insultes. Iris n'appartenait à aucun d'entre nous. À personne. C'est bien pour ça qu'elle est morte. Enfin, c'est ce que je crois.

Timothée ne veut pas tomber amoureux, car pour lui ça reviendrait à se trouver au bout de sa life*. Galocher, oui, mais s'attacher à une fille, c'est pas son truc. Timothée est le copain que tous les gars kiffent à mort. Il paye les tournées de bière, apporte au moins deux bouteilles de vodka à chaque soirée, repère en un rien de temps les plus jolies meufs au début des fêtes, leur donne des notes, puis revoit son jugement au fur et à mesure qu'on coule dans la nuit.

Je sais qu'il est bien mieux avec nous que chez lui. Il s'énerve pour un rien, a frappé plusieurs gars de troisième qui le fixaient par hasard. Il dit que c'est la faute de son père et ça s'arrête là. Même bourré, je n'ai jamais réussi à le faire parler. Bref, mieux vaut être un de ses potes, et ne jamais lui demander quoi que ce soit sur sa vie. À mon avis, ce qui se passe chez lui le fait flipper. Ça ne m'empêche pas de le surveiller. C'est ce que font les potes entre eux. Timothée, les jours de fête, renaît à la vie. Il se détend un peu, sourit au jour qui s'enfuit. Un peu comme nous tous. Il est urgent de remplir nos gosiers et que nos langues se délient, je ne connais rien de mieux pour remonter le moral que de parler des meufs entre nous. Et en serrer une dizaine par soirée, c'est encore mieux.

La musique de Tom nous entraîne à nous glisser sur la piste de danse en passant entre les gadjis qui ferment parfois les yeux en ondulant bras et jambes, le temps d'un baiser volé, et à voir comment elles réagissent. Bon, ça ne marche pas toujours. Le « Ça va pas, non ? » suivi d'une gifle, ça arrive. Mais parfois la fille ouvre les yeux, comme surgie d'un long sommeil, te sourit, et ce sourire-là éclaire toute la nuit. Tu n'es pas venu pour rien. Certes, se torcher c'est trop bien, ne plus rien savoir, abruti par les verres et les bouteilles de bière qu'on entrechoque. Mais Sarah, ce n'est pas le genre que tu peux emballer comme les autres sur la piste. J'imagine qu'elle se contenterait de hausser les épaules et de retourner dans son monde. Sarah, c'est le plus ouf de tous les défis que je me suis lancés.

D'habitude Tom est le candidat idéal. Il ferait n'importe quoi pour être aimé. Même embrasser un garçon. Ce mec est dingue. Par contre, Sarah, c'est le genre de meuf qu'il faut draguer soum-soum*. Ce que je fais depuis des semaines.

J'ai lu un livre pour l'impressionner. C'est Tom qui me l'a passé. *L'Amant* de Marguerite Duras. Bon je crois que Tom s'est foutu de ma gueule. J'ai rien compris à ce bouquin. Je ne lis pas beaucoup, et je suis la ligne avec mon doigt sinon j'en saute une sur deux et je n'arrive plus à suivre. Quand ce n'est pas mon téléphone qui vibre et me fait perdre la page. J'ai eu du mal avec l'histoire, parce que le jeune Chinois fortuné qui séduit l'héroïne de quinze ans ne me ressemble en rien. Je me suis demandé pourquoi il l'appelait si tard, alors qu'ils étaient devenus vieux. Moi je n'aurais pas attendu Sarah aussi longtemps, d'ailleurs je l'ai vraiment emballée à la soirée de Chloé.

Me rendre compte que j'étais à deux doigts de la pécho m'a rendu ouf.

Et faire l'amour avec elle est la plus belle chose qui me soit arrivée de toute ma vie. Parce que rien ne s'est passé comme prévu. Même si ma vie ne fait que commencer.

Emma

Sarah a ken* avec Gaspard. Je n'en reviens pas. Elle est en larmes, sa tête posée sur mes genoux, dans une position des plus inconfortables : nous sommes enfermées aux toilettes. Le seul endroit tranquille dans ce lycée.

« J'avais trop bu, tu comprends. »

Comme si, quand on avait trop bu, on pouvait se taper n'importe quoi. Qu'est-ce que j'en sais, moi qui ne bois pas. Et tout ça ne me donne pas envie d'essayer.

Comme Sarah renifle, je n'entends qu'un mot sur deux, mais je les déchiffre. Ce n'est pas la première fois que Sarah pleure sur mes genoux, même si ça n'avait rien à voir. Je reconstitue son histoire. Elle s'est laissé galocher près du grand arbre, en fin de soirée. Ils ont dansé ensemble juste avant, son visage à elle reposant sur son épaule à lui. Il a simplement effleuré son dos, s'arrêtant aux fesses. Un vrai gentleman... Ouais. Le genre à monter vite à l'étage pour trouver un lit, accompagné d'une gadji bourrée qui s'en fiche bien d'être portée sur son dos comme un sac de patates.

Et pourtant Sarah était consciente. Saoule, mais consciente.

Je reconnais en me forçant un peu que Gaspard est un beau mec, quand il fait jour. Le genre acteur. Un visage parfaitement symétrique, un nez grec, des yeux verts, coiffé à la militaire avec une épaisseur de six millimètres qui peut donner l'impression de caresser le dessous d'un balai-brosse. Sa bouche à lui sentait si fort l'alcool que Sarah a cru boire le verre en trop en l'embrassant. Elle s'est laissé peloter les seins sans rien dire, tandis que l'autre main descendait plus bas à la recherche de sa grotte. Puis il s'est déshabillé et s'est allongé nu sur elle avec ce truc dur qu'elle n'a pas vu venir et qui a franchi l'entrée comme la cavalerie au complet. Elle a eu si mal que Gaspard a dû s'y reprendre à plusieurs fois avec des mots si doux qu'elle n'a rien osé dire. Elle s'est sentie tenaillée entre la peur et le désir que Gaspard faisait monter en elle.

Ce con a su y faire, quand même. Sarah a d'ailleurs fini par le reconnaître. Mais Gaspard n'est pas le genre de garçon à chercher la romance. Il passe son temps à s'envoyer le plus de meufs possible, à croire que tout le lycée ou presque y est passé. Je préfère zapper la vidéo d'Iris où on l'identifie facilement, tout comme Timothée. C'est le meilleur ami de Tom, qui l'encourage à aller toujours plus loin dans ces défis à la con. Il roule des épaules en permanence, s'attirant le regard trouble des filles en manque. Il va faire de Sarah la pute du lycée en racontant comment il l'a troussée sans effort. Et tandis que le maquillage de Sarah coule avec ses larmes, je décide d'aller le voir. Je promets à Sarah d'être prudente et de revenir vers elle quand tout sera réglé. Car je compte bien résoudre ce problème. Sarah est ma meilleure amie. Je ne veux pas qu'on se moque d'elle. Ses yeux verts ont viré au gris, Sarah est triste.

Je le trouve sans mal, avec Tom et Timothée, dans la cour, à comploter ensemble, peut-être au sujet de Sarah. Tom recule, j'ai le visage des mauvais jours, renfrogné, avec cette petite ride au front qui apparaît comme une cicatrice.

« Gaspard, je dois te parler. En privé », je précise en fixant Timothée et Tom.

Ce boloss* se dandine sur place, sa mécanique bien huilée. Il y a un peu de gêne dans ses yeux, ce qui me réjouit.

« Et de quoi tu veux me parler, Emma ? »

Comme s'il ne savait pas, ce con. D'un geste du bras, j'écarte Tom et Timothée qui disparaissent de mon champ de vision. Je pose mes mains sur mes hanches.

« Comme si tu étais né de la dernière pluie. »

Gaspard ne s'attendait pas à une phrase pareille. Il est décontenancé. Il cherche du regard ses deux potes, mais ils sont loin. Il n'a plus de béquilles.

« C'est une fille super. »

Cette fois, c'est moi qui suis mal à l'aise. Je m'attendais à « traînée », « pute », mais pas ça.

« Et je compte bien la revoir. »

J'espère bien. Et surtout ne lui fais pas de mal, ou je te bute, moi, ou un gars que je vais payer pour ça. On trouve bien de l'herbe quand on veut, dans ce lycée.

« Donc tu ne vas pas te vanter auprès de tous les gars du lycée ?
– Non, Emma. Vraiment je kiffe cette meuf.
– Alors c'est parfait. Je n'ai rien d'autre à te dire. »

Je tourne les talons.

« Moi si, Emma. Dis-lui que je tiens à elle. Je vais le faire moi-même. Un texto dans la journée. »

Un texto dans la journée. *So romantic*.
Comment faisait-on quand on n'avait pas de portable ?

Tom

Les jours de grève, maman a du temps à nous consacrer. Ses patients s'annulant les uns après les autres, elle passe nous prendre au lycée pour nous emmener déjeuner dans un endroit chic, le genre de restaurant où elle doit aller souvent. Emma et moi on déteste. On préfère nettement le McDo où on va parfois avec papa, après nos cours de sport. Mais on se garde bien de le lui dire, c'est un secret entre nous et mon daron.

Ici, les nappes sont blanches et bien repassées et pourtant notre mère ne peut s'empêcher de les lisser du revers de sa main. Elle commande une bouteille d'eau plate, car ses enfants ne boivent pas. Si seulement elle savait. Mais ce n'est pas moi qui lui dirais. Et encore moins Emma. Je sais qu'elle va passer sa main dans mes cheveux qu'elle aimerait mieux coiffés et que je vais avoir ce geste de recul qui lui déplaira. J'adore mes épis, cette mèche qui tantôt me cache l'œil gauche, tantôt fait disparaître le droit. J'ai toujours cet air pas réveillé qui me plaît. Je me coiffe avec les mains, et bien sûr je déteste les coiffeurs. Je connais mon regard. Je sais qu'il fait de l'effet. J'aime aussi que les gens s'en détournent. Personne n'ose fixer un ado de quinze ans. Encore moins s'il est insolent. Je suis Rimbaud qui sème la pagaille.

Ce n'est pas ici en tout cas que je vais trouver la gow* de mes rêves. Elles ont l'air de sortir d'un livre de la comtesse de Ségur, propres sur elles, les mains posées sur les serviettes de table bien étalées sur leurs genoux. Il ne manque que les gants et le cerceau. Je cherche une fille capable de tirer sur ces nappes d'un coup sec en faisant tout valser. Une deuxième qui grimpe sur une table en dansant comme une folle sur un air entraînant de Petit Biscuit.

« Alors, mes enfants, tout va bien au lycée ?

– Pas vraiment, je réponds. C'est la grève, on a beaucoup de cours en moins.

– Ils nous emmerdent, ces grévistes ! »

Emma est perdue dans le menu. On peut choisir ce qu'on veut, mais ma reuss comme d'habitude hésite. Un plat pour ne pas s'éterniser ici. Emma finit par prendre un poulet haricots verts et moi un steak tartare avec double portion de frites et plein de mayonnaise. Maman, à son habitude, ne mange pas. Deux tomates égarées dans une assiette de salade. Et surtout pas assaisonnée. Un demi-citron suffira. Telle reum, telle fille. Emma est un peu comme elle. À la cantine, elle trie les aliments, évite les plats en sauce, pour se contenter d'une salade et d'un yoghourt aux fruits. Elle ajoute une barre de protéines dans la journée. C'est la dictature de la ligne pour rester mince. Pour le coup d'œil des garçons ou des hommes. Et même si les formes ont du charme, laissons-les à des keums moins regardants.

Au lycée, les meufs obèses sont montrées du doigt. Elles sont souvent accompagnées de filles canon qui comptent bien se faire remarquer davantage. Elles sont les bonnes copines des larguées, ou de garçons comme moi. Mais je ne suis pas comme ces garçons-là. Je n'ai pas besoin d'être consolé par des ogresses. Je n'ai rien contre elles non plus. Elles m'inspirent plutôt de la sympathie. Elles doivent souffrir bien plus que moi. Dans les soirées, il m'arrive d'en inviter une à danser, mais tout le problème est là. Je n'accorde qu'un seul tour. Je ne veux pas aller plus loin. Je n'ai pas envie de parler. Pas plus à elles qu'aux autres, moulées dans leur jean qu'on dirait cousu sur la peau.

Je veux que la musique cogne, cogne encore, dans ma tête, dans mon corps, comme *Midnight City*, de M83, que l'alcool m'absorbe tout entier et me fasse flotter dans ces grands appartements de boloss. Que les filles, grosses ou minces, que tous les garçons ne soient plus que des silhouettes évanescentes disparaissant au cours de la nuit comme de simples ombres chinoises et basta. Je veux rentrer chez moi à quatre pattes, en lever une si l'envie de pisser me vient. Que jamais mes parents ne me voient ainsi, une éponge en baskets, imbibée de toute la soirée. Et juste avant de m'allonger sur le lit, me passer le visage sous l'eau fraîche quand j'y pense, et oublier Iris.

La seule chose bien que je sache faire pour fermer le chapitre de ces fêtes.

Emma

L'avantage avec un père coach sportif, c'est qu'on peut aller gratos au sport, Tom et moi, deux fois par semaine. Comme on y va après l'école, les rames sont souvent bondées. Pas de place assise. Ça schlingue. Au moins, je peux respirer mon poignet qui sent mon parfum Nina et je retiens ma respiration. Je m'habille comme un sac quand je prends le métro, un bonnet à pompon sur la tête et un pull péruvien du plus mauvais goût pour éviter qu'on me mate. Tom tient la barre avec sa main dissimulée dans son sweat et fixe le plafond pour ne pas croiser les regards des autres passagers, qui se fichent bien de Tom, de toute façon, et de sa taille de géant.

Je le trouve très beau, mon frère. Avec cet air de s'en foutre, et pourtant tout compliqué à l'intérieur comme des nœuds trop serrés, mais que son sourire dément, même s'il est triste parfois. On est comme ça, nous les ados. On n'a rien demandé et tout nous submerge. Il faut réussir son année scolaire, entre les grèves et nos chagrins. Montrer aux parents qu'on est responsables et qu'ils peuvent nous faire confiance. Ce qui n'est pas toujours le cas. On rétablit l'équilibre par le mensonge.

On jongle avec nos doutes. On est des adultes miniatures qui ne gagnent pas encore leur vie. Et pourtant, au lycée j'en connais plusieurs qui se sont dégoté un petit job d'appoint, genre légal, caissière en hypermarché le week-end, ou serveur dans un restaurant le soir, comme Gaspard. Je ne parle pas de Benjamin, un élève de troisième qui vend de l'herbe à tout le bahut, assurément le plus blindé* d'entre tous.

On a la chance, Tom et moi, d'avoir les parents qu'on a. Ils compensent leurs absences par un argent de poche généreux. On ne manque de rien. Des fois je me dis que si c'était l'inverse, Tom serait peut-être plus heureux. Il sait qu'il ne peut pas se plaindre. Ses problèmes n'en sont pas. Pas plus que les miens.

Mais j'ai Solal, et lui, personne.

Avant Solal, d'autres garçons m'ont embrassée. Trois exactement. Je n'ai évoqué que le premier avec Tom. Celui-là m'a rendue folle. Baptiste. Un expert en la matière. De longues pelles bien baveuses sur le canapé de ses parents toujours absents. Je n'ai pas voulu aller plus loin. Je me suis dit que j'allais devenir sa chose à lui. Quand il m'appelait ou m'envoyait un texto, je courais vers lui. C'est dire. Je pensais tout le temps à Baptiste et j'ai eu cette année-là des notes exécrables. Il était en seconde, moi en troisième. Heureusement j'ai rencontré Clovis dans une soirée, un mec gentil qui s'y prenait mal. Pas grave, ça s'apprend. Clovis et Baptiste ne se sont jamais connus, car les parents de Baptiste ont récupéré leur fils en pleine année scolaire pour l'emmener vivre en Colombie. Oui, la Colombie, le pays des cartels et des armes à feu. Un truc de dingue. On a passé notre dernière soirée à se galocher et une semaine plus tard je flirtouillais avec Clovis. Sarah et Chloé m'ont traitée de pute en rigolant. N'empêche qu'elles l'ont dit. Clovis m'a quittée quinze jours après pour Carla, une gadji de terminale avec des dents de lapin.

Un mois après, je me faisais draguer par Virgile, à la soirée de Chloé dans l'appartement de sa mère, au vingt-troisième étage d'une tour à la Défense. Elles habitaient avant boulevard Magenta, pas loin de chez nous, mais le loyer était moins cher à la Défense, et Chloé n'a pas voulu changer d'école. Les filles ont toutes trop picolé ce soir-là, à part moi bien sûr, et je les ai regardées gerber du grand balcon, toutes suspendues à la rambarde, le vomi disparaissant dans la nuit claire en tournoyant, avant de s'étaler, selon la vitesse du vent, à des étages inférieurs, ou vingt-trois étages plus bas, comme des œufs brouillés.

Ce soir-là je suis partie avec Virgile qui comme moi ne boit pas. Nous étions les deux rescapés de la soirée. J'ai laissé Tom cuver sur le canapé, son visage enfoui au milieu des blousons épars de ses copains déambulant dans l'appartement à la recherche d'une bouteille. J'ai pris la main de Virgile et nous avons dévalé les vingt-trois étages à pied, histoire de se mettre en jambes.

Nous avancions nez au vent, traversant la Défense jusqu'à l'avenue des Ternes où Virgile m'a offert une crêpe que nous avons graillée, assis sur un banc. On s'est embrassés, juste un peu. Sa bouche avait un goût de Nutella. On est descendus jusqu'à Haussmann. J'ai marché au milieu comme une star, prenant des poses, un pied devant l'autre, levant les bras en l'air, tandis que Virgile me photographiait avec son portable. Puis nous nous sommes allongés chacun sur le côté d'un banc et on a bien failli s'endormir. Rue Saint-Lazare, j'ai continué seule jusque chez moi, utilisant l'échelle pour grimper jusqu'à ma fenêtre, ni vu, ni connu. J'ai pu facilement mentir sur l'heure à laquelle je m'étais mise au lit. Je ne suis jamais allée plus loin avec Virgile. Car le vendredi suivant je rencontrais Solal. Et lui, une blonde volcanique, Jade, à la même soirée, avec laquelle il est encore, je crois.

Chloé

J'ai le rire facile, aux éclats et sonore. J'entraîne celui des autres. Mais c'est bien la seule chose d'élastique en moi. J'ai beau être blonde, je ne suis pas conne.

Mes parents ont divorcé, et mon naze de père s'est remarié deux fois. J'ai des tas de demi-frères et demi-sœurs que je n'ai pas vus grandir. Ils sont éparpillés un peu partout sur la planète. Et franchement je ne tiens pas à les rencontrer. Je n'ai pas l'intention de voyager, je déteste ça. J'ai bien trop peur au retour de ne plus rien retrouver comme avant. Je déteste le métro et le RER, je les évite au maximum. Autant traverser les égouts. Je préfère marcher des heures dans Paris, et seule de préférence. Je vis avec ma mère à la Défense et on s'entend plutôt bien. Je déteste mon père, ma reum encore plus que moi. On le flingue tous les soirs, en dînant ensemble. J'ai mes sœurs de cœur, Emma et Sarah. Elles me suffisent pleinement jusqu'à ce que j'en change. Je ne suis pas très famille.

Quand j'avais dix ans, et que mon abruti de père conduisait, je me persuadais que les gens comme les paysages disparaissaient derrière moi. J'en étais si sûre que je ne me suis pas retournée une seule fois.

Au lycée, mon rire a fait de moi une fille populaire. Je n'ai rien d'un truc pareil.

Je suis amoureuse de Solal, le mec d'Emma, et je me fais l'effet d'être la pire des salopes.

Pourtant Solal n'a rien fait, ni dit, pour susciter ces sentiments-là. Je le snobe pour ne pas donner l'impression qu'il m'intéresse. Je l'observe à la dérobée dans les couloirs du lycée ou dans la cour, quand il n'est pas englué à Emma. Même si je l'ai connu au temps d'Iris, mais ça ne nous a pas rapprochés, au contraire. Heureusement qu'il est en première. J'aurais eu des notes minables à le mater comme une folle. Je n'y peux rien. J'aime quand c'est impossible et, là, je suis servie. On parle de lui souvent avec Sarah et Emma. Je fais mine de me réjouir, je roule des yeux et lève les bras au ciel. « Mais c'est merveilleux, tout ce qui t'arrive, Emma. » Je ne peux pas dire qu'elle me l'a piqué, il n'a jamais été à moi. Avec Solal, on se limite aux formules de politesse quand tout en moi a envie de crier : « Baise-moi. » À force de tordre le cou pour le mater en toute tranquillité, j'ai dû me rendre à l'infirmerie et à l'évidence. Ce gars provoque en moi des torticolis à la chaîne.

Personne n'est au courant de mon attirance, je prends toutes les précautions. Je ne m'assois pas à côté de lui, je ne vais pas lui chercher un verre, et je l'embrasse toujours sans toucher ni son bras, ni sa joue. Le baiser du vide sidéral. Et je ne sais pas pourquoi je suis tombée amoureuse de ce métis aux yeux bleus. Il hante mes rêves, me bascule en permanence d'un fauteuil au lit, et me lèche jusqu'à ce que je me réveille. C'était juste mon chat et sa langue râpeuse.

Je vais attendre qu'Emma et lui se séparent. On n'est pas sérieux à quinze ans. Rien ne dure. Je songe même à des ruses pour les éloigner l'un de l'autre. Il me suffit de me rappeler cette pute d'Iris qui s'est pendue. Bon, sans aller jusque-là quand même. Je ne souhaite pas la mort d'Emma, contrairement à celle d'Iris. Juste faire circuler sa photo à oilpé* sur les portables des lycéens pour commencer.

Je suis folle des 06. Je les soutire à chaque lycéen comme la pire des allumeuses. Je n'en ai pas loin de deux cents dans mon phone. Ça me réconforte d'en posséder autant, même si je ne connais pas la plupart de ces élèves. Ça m'a bien servi l'année dernière pour balancer la vidéo d'Iris d'un portable sans carte. Et quelque chose me dit que ça me sera utile, bientôt, avec Emma.

Le problème, c'est qu'elle ne boit pas et n'a pas l'air d'une bitch. À moins d'utiliser Photoshop et de coller sa tête sur le corps d'une de ces salopes qu'on peut photographier facilement dans une de nos fêtes. Je dois y réfléchir, ça ne peut plus durer. Bientôt Sarah va nous abandonner pour fourgonner avec Gaspard, et moi j'aurai l'air de quoi ? D'une tranche de salami entre deux tranches de pain de mie ? Non merci. Aucune de nous trois n'a signé de contrat à propos de notre amitié, que je sache. On n'est pas à la vie à la mort. Chacune pour soi, oui.

Et puis cette binoclarde m'agace avec ses livres, son jus d'orange et son frangin adoré. Trop parfaite, la meuf. Elle mérite bien qu'on lui choure son keum. Et surtout qu'elle ne vienne pas pleurer sur mon épaule, je déteste les gens qui chouinent. C'est pour ça que je ris aux éclats. Sinon je n'aurais rien d'une fille populaire. Juste une envieuse qui cherche à briser les couples d'amoureux.

Je le ferais bien aussi avec Sarah et Gaspard mais je ne ressens rien à propos de ce minable. Je ne rêve pas de lui, et quand je le vois rouler des mécaniques, j'ai juste envie de rire. Même saoule je n'en voudrais pas. Je crois d'ailleurs que je suis la seule du lycée qu'il n'a pas ken. En seconde bien sûr. Les terminales ne savent pas qui est ce frimeur. Je ne comprends pas ce que Sarah lui trouve. Pour tout dire, je ne pige aucune meuf de ce lycée. Solal, c'est autre chose. Une bombe, ce mec que je rêve d'avoir à moi, rien que pour moi. Et pour ça, je suis prête à tout.

Tom

Papa nous a emmenés dîner au McDo. Cool. Bien sûr pour maman nous sommes allés à la Brasserie, à deux pas de notre immeuble. Triple ration de frites mayo, la glace McFlurry, à base de lait avec des morceaux de spéculoos et de M&M's, sur laquelle je demande double nappage de chocolat, histoire d'avoir bien mal au cœur.

Je n'arrive pas à dormir et je réveille Emma. Je n'aime pas trop qu'elle dorme quand moi je regarde le plafond. Je me suis couché dans son lit, sous la couette. Elle a ouvert ses yeux noisette, gémi en se tournant de l'autre côté avec sa peluche Corsaire que j'ai aussitôt détestée. Pourquoi elle et pas moi, contre elle, tenue serrée dans ses bras ? Quand on était des enfants, on dormait souvent comme ça. Mais c'est comme se prendre la main, c'est fini. Je sais bien qu'elle va finir par dire : « Tu fais chier » avant de s'asseoir sur son lit, l'air boudeur, Corsaire écrasé contre elle.

« Tu fais iech*, Tom. Tu veux quoi ?

– Bavarder avec toi. J'arrive pas à dormir.

– Ce n'est pas une raison pour me réveiller à chaque fois. Tu sais bien que j'ai du mal à me rendormir après.

En plus, demain y a un contrôle d'espagnol.

– Désolé.

– Bon, j'ai les yeux grands ouverts à cause de toi, dit-elle en se redressant. Tu veux parler de quoi ?

– Du temps qui passe trop vite. Je n'ai plus le droit de te prendre la main, ni de dormir avec toi.

– Est-ce qu'on dort encore dans le lit des parents ? Non. Ce n'est pas parce qu'on est jumeaux que c'est différent, Tom. Si je t'écoutais, tu viendrais toutes les nuits. C'est chelou* quand même, tu t'en rends compte ?

– On ne fait rien de mal, Emma. On est comme Gilbert et Jessica dans le livre d'Howard Buten *Quand j'avais cinq ans je m'ai tué*, incompris par les adultes qui nous enferment.

– Personne ne nous enferme, Tom, et je ne suis pas ta Jessica. Tu es un grand malade, tu sais. Des fois tu me fais peur.

– Tu n'as aucune raison d'avoir peur de moi. Tu me connais mieux que personne. Mieux que les parents. Mieux que Solal.

– Laisse Solal en dehors de ça, tu veux bien ? Trouve-toi une fille, une Jessica si tu veux, ce n'est pas ce qui manque au lycée. Et arrête de me dire qu'elles sont toutes connes. C'est pas vrai et tu le sais bien. Ou un garçon, et assume-le. Moi je serai toujours là pour toi. Je ne te jugerai jamais.

– Arrête un peu avec cette histoire de gars. Je ne suis pas pédé. Je le saurais.

– Pas sûr. Tant que tu n'as pas essayé, tu ne peux pas savoir vraiment. Tiens, par exemple, qu'est-ce que tu as ressenti en galochant Aaron ?

– C'était juste un défi de Gaspard, ça n'a rien à voir.

– Ah bon ? Et s'il te demandait de sauter du quatrième étage, tu le ferais, peut-être ?

– Non, bien sûr.

– Et pourtant tu acceptes d'embrasser un mec que tu ne connais pas. C'est le même genre de vertige.

– J'étais bourré. D'ailleurs ça m'a tellement dégoûté que je lui ai vomi dessus après.

– Tu as vomi à cause de l'alcool, pas du baiser.

– Qu'est-ce que tu en sais, Emma ? Tu sais tout ce que je ressens en moi ?

– Je te rappelle qu'on est jumeaux. Oui, je peux entrer dans ta tête et dans ton cœur. Je n'ai pas encore roulé de patin à une fille. Si un jour ça m'arrive, je verrai bien si ça me plaît.

– Eh bien, j'ai galoché les deux et j'ai détesté. J'en ai marre de parler de ça. Tu as gagné, je vais me coucher.

– Arrête, Tom, ne réagis pas comme ça. Si ce n'est pas avec moi que tu vides ton sac, tu ne le feras avec personne. Surtout pas avec Gaspard et Timothée qui, à mon avis, n'apprécieraient pas vraiment que tu kiffes plutôt les keums. »

Ça suffit. Je bondis hors du lit sans dire bonne nuit à Emma. J'en ai assez des gens qui veulent diriger ma vie et décident de ce que je dois aimer ou non. Je suis ultra-vénère. Je n'en sais rien, moi, si je kiffe les garçons ou pas. Déjà qu'avec les meufs c'est compliqué, alors les mecs, non merci. Si ça se trouve je ne coucherai jamais avec personne et je resterai un putain de puceau toute ma vie. Iris voulait baiser avec moi et je me suis défilé. C'est ce qu'elle m'a dit, à l'oreille, dans la cour, devant tous mes potes. J'en avais envie, mais pas comme ça.

Je n'ai rien d'une machine. Et puis cette fille me faisait peur. C'est dit. Je n'ai qu'à essayer les deux et je verrai bien. Katouta en profite pour se faufiler sous ma couette, et se couche à mes pieds qu'il lèche de bas en haut. Emma a raison. Je ne me souviens pas de ce que j'ai ressenti en embrassant Aaron. J'étais trop à la ramasse. J'aurais pu tout aussi bien rouler des pelles à un poteau électrique.

Aaron

Jamais je n'aurais dû venir à Paris. Je ne m'habitue ni à cette ville de dingues, ni à ce lycée où je n'apprends rien, sinon à me déglinguer dans ces fêtes où je bois trop. J'étais bien à Canet-en-Roussillon, près de la mer, dans une jolie maison en bois, fouettée par les joncs et les vents marins. J'y habitais avec mes parents, qui n'ont pas fait le bon choix en se rencontrant. Toujours à se disputer comme si je n'existais pas. Je me cachais dans le noir, derrière une porte, et je pleurais en silence. Je prenais soin de ne pas émettre un son pour ne pas me faire remarquer.

C'est horrible de chialer sans un son. Les jours de tempête, je m'approchais au plus près de la grève et je criais dans le vent à m'en déchirer les poumons. Il fallait bien que ça sorte.

C'est là que j'ai connu Lucas, que je n'avais pas vu en me dirigeant vers la plage. Il était assis un peu plus haut sur le terre-plein, un bonnet sur la tête, battu par la pluie diluvienne, trempé jusqu'aux os. Il ne bougeait pas, m'observait sans ciller. Je me suis assis près de lui à cause de ça. La pluie continuait à tomber, drue, en oblique, à cause des vents mauvais qui balayaient la plage. Comme il ne disait pas un mot, j'ai posé ma tête sur son épaule. J'ai pensé qu'il allait me rouer de coups et m'abandonner sur ce rectangle de ciment, où béton et joncs se confondent. Mais Lucas n'a rien fait de cela. Il s'est tu un long moment et j'ai fini par m'endormir malgré ce climat de fin du monde. Quand je me suis réveillé, Lucas m'a pris la main.

« Allez viens, on va s'abriter quand même. Moi, c'est Lucas.
– Aaron. Avec deux *a* au début. Personne ne sait ni le prononcer, ni l'écrire. »

Je trouvais ça étrange de marcher avec un inconnu plus âgé que moi, la vingtaine peut-être, main dans la main, sans se presser, avec cette pluie qui semblait ne pas vouloir s'arrêter. Lui aussi habitait une maison en bois, près du centre. Ses parents n'étaient pas là, et ne reviendraient qu'à la fin du mois. Je me souviens du feu dans sa cheminée, des vêtements qu'il m'a ôtés sans que je résiste.

Je n'aurais pas imaginé coucher avec un garçon. Les filles me tentaient, mais à Canet-en-Roussillon, le choix est limité. J'avais bien embrassé une meuf au Pam-Pam, perchés sur de hauts tabourets, et ça m'avait bien plu, cette pelle archibaveuse. Mais elle ne voulait pas aller plus loin, cette contrée lointaine qui ne représentait pas grand-chose pour moi. Et je n'aurais pas eu l'idée de galocher un de mes potes. Trop peur de m'en prendre une.

Nos loques à terre, j'ai suivi Lucas jusqu'à sa chambre. Sa bouche sentait les embruns. C'est ce que j'ai ressenti quand il m'a ceinturé avec sa langue partout dans ma bouche. J'ai réclamé un truc fort, avant de poursuivre. Le whisky au goulot m'a fait du bien. Il a aussitôt réchauffé ma peau. J'ai posé la bouteille sur la table de nuit, au cas où, et je suis retourné au lit. Il savait s'y prendre. J'ai avalé une autre gorgée d'alcool et je me suis laissé faire. J'ai compris ce que « plus loin » voulait dire. Jamais je n'aurais imaginé pareille sensation.

Ce soir-là, en rentrant, je me suis senti léger. La pluie avait cessé de tambouriner. J'ai regretté de ne pas avoir emporté mon casque, j'aurais bien écouté de la musique. Lucas ne m'avait pas donné son numéro, mais je savais où il habitait. Lui connaissait ma plage. En poussant la porte j'ai entendu les cris. J'avais presque oublié mes parents sur le chemin de la maison. Quand ils m'ont vu entrer, ils se sont arrêtés net.

« Où étais-tu ? » m'a demandé mon père.

Qu'est-ce que ça pouvait bien lui foutre ? C'était bien la première fois qu'il s'intéressait à moi. Je suis allé direct dans ma chambre sans rien dire. Je venais de trouver mon casque quand il est entré.

La maison en bois sur la plage avait été mise en vente. Mes parents divorçaient. Tout était planifié. Maman s'en allait à Perpignan, papa à Paris. J'héritais d'un beau-père et d'une belle-mère dans les mois à venir. Le cauchemar. Je n'ai rien eu à dire. Je suivais mon père à la capitale à cause des lycées bien meilleurs qu'ici.

Je suis retourné à la maison de Lucas. J'ai sonné et frappé, mais personne ne m'a répondu. J'ai arpenté toute la plage. Je n'ai pas pu lui dire au revoir. Je l'ai cherché sur les réseaux sociaux, mais avec un prénom, ça ne suffit pas. J'ai regardé des centaines de profils en vain. Et j'ai suivi papa, qui m'a inscrit dans le lycée le plus proche de notre nouveau domicile.

Oui, Paris est une ville de dingues. Les gens se bousculent sans cesse, et quand vous êtes perdu, autant ne pas demander votre chemin. Soit le passant ne s'arrête pas, soit il vous insulte, comme s'il n'avait que ça à foutre. Tout est hyper-cher ici. J'ai même bu, un jour, un café à six euros. Six euros !

Je me suis vite fait des copains au lycée. Mohamed et Léon.

Je pense parfois à lui, à ses mains sur moi, Lucas pour qui, contrairement à moi, ce n'était pas la première fois. J'ai dragouillé quelques filles dans ce lycée parisien. C'est vrai que j'ai du choix. Et dans les fêtes, franchement, rien de plus facile que d'emballer.

Jusqu'à ce que Tom me roule une pelle avant de vomir sur mon tee-shirt. Je n'ai rien vu venir. J'ai vu ses yeux bleus fondre dans les miens et sa langue m'a fourré le gosier, comme celle de Lucas, à m'en étouffer. À peine remis de ce baiser sauvage, il a eu un hoquet et m'a gerbé dessus. C'était dégueu. Rien pour me changer et une odeur horrible. J'ai bien failli vomir à mon tour. Je suis rentré chez moi torse nu, après m'être débarrassé du tee-shirt dans une poubelle.

Au lycée, je l'ai maté plus d'une fois, mais à chaque fois, il fait celui qui ne me calcule pas. Je le vois souvent avec Gaspard et Timothée, connus dans ce lycée pour se taper toutes les meufs de seconde. Et le reste du temps il est entouré de filles. Je me suis dit qu'il fallait l'oublier, quand il m'a chopé hier, à la fin des cours.

Il voulait savoir si j'habitais seul. J'ai dit que je vivais avec mon père, mais qu'il venait de partir à Thuir pour une semaine. Et là, Tom a dit « Parfait, on va chez toi » sans me demander si j'en avais envie. Je suppose que mon silence a suffi, comme les jours où je pleurais sans un son.

Emma

Tom et moi ressemblons à deux chats sur ce banc, lovés chacun sur un accoudoir, à lire pendant la longue pause du déjeuner. Un sandwich suffit quand on aime autant lire. Je ne me lasse pas de relire *Nos étoiles contraires*, de John Green. J'ai convaincu Sarah et Chloé d'en faire autant. On est allées voir le film toutes les trois. Le livre est infiniment plus fort mais on a chialé du début à la fin. Et quand les lumières se sont rallumées dans la salle, on n'était pas les seules à sortir nos mouchoirs. Évidemment, à côté de Hazel Grace Lancaster, atteinte d'un cancer, nos problèmes à nous les filles semblent dérisoires. Me demander si mon stérilet ne va pas me lâcher, si je vais réussir mes contrôles ou si Tom va coucher ou non avec un garçon, tout ça me paraît minable. Quand Hazel rencontre Augustus dans un groupe de soutien et qu'ils décident d'aller à Amsterdam retrouver leur écrivain préféré, Peter Van Houten, et que ça se passe mal avec ce salaud, j'en ai jeté le livre, dégoûtée par le comportement des adultes. Puis j'ai repris la lecture, après quelques inspirations profondes. Hazel embrasse Augustus dans la maison d'Anne Frank et le lendemain lui avoue combien son état se dégrade. J'ai dû finir la boîte de Kleenex en découvrant la suite. J'ai tellement pleuré que j'en hoquetais en tournant les pages. On ne se rend pas compte à quel point la vie peut être belle quand on est en bonne santé. Et ces deux-là en s'aimant malgré la menace si présente me donnaient envie de serrer Solal encore plus fort contre moi. Je déteste raconter la fin des livres. Celle-ci est juste horrible. J'ai longtemps haï ce roman avant de le relire et de comprendre la force qui s'en dégage. Je me suis même demandé si j'aimerais Solal avec des métastases se répandant en lui comme un fleuve rejoignant la mer. Comment le savoir ?

On a beau descendre dans la rue et manifester contre le dérèglement climatique ou se rebeller contre nos parents, on reste sans défense contre l'adversité. Je revois Iris, cette meuf harcelée par le lycée, l'année dernière, parce qu'elle avait couché avec plusieurs garçons en peu de temps. Nous tous, sans la connaître, on s'en moquait ouvertement. Une vidéo nous a été envoyée d'un portable sans carte. Pas avantageuse, vraiment. Elle s'était fait filmer sûrement à son insu, galopant sur Timothée, libre et sauvage, tandis que Gaspard la galochait, ses cheveux longs à elle battant la cadence. Une tchoin*, comme on dit ici. Une chanson de Kaaris. Une pute, quoi.

Nous nous sommes renvoyé la vidéo par texto, avec le mot « tchoin » écrit en rouge, en lettres baveuses, comme du sang. Les gars ont commencé par la siffler sur son passage, en se tapant les cuisses. Les filles, dont moi, lui ont tourné le dos. Personne ne voulait plus lui parler. Elle errait seule et misérable. Son numéro de portable est apparu en texto sur tous nos téléphones.

J'ai dû l'insulter une fois, poussée par Chloé et Sarah. On la surnommait « la chienne » entre nous. Je l'avais à peine croisée dans la cour, étant en troisième cette année-là. Je ne la connaissais pas en fait. Je ne savais rien de sa vie. Déjà, les zoulettes* de terminale nous snobaient grave. Les messages ont continué jour et nuit. On n'a plus eu de ses nouvelles, jusqu'à ce que Chloé déboule en classe, la tête en vrac, pour nous annoncer qu'Iris s'était pendue dans sa chambre. Il aurait neigé en plein été qu'on ne s'en serait pas rendu compte. Pour faire une chose pareille, elle avait dû vraiment souffrir. On ressemblait toutes à des zombies errant dans les couloirs du lycée. Même les mecs ne la ramenaient pas. « La chienne » avait cessé de vivre à cause de nous. La police a vu nos familles et chacun d'entre nous. Personne n'a moufté. À quinze ans le mensonge est une habitude. Toute la classe est allée à l'enterrement. On traînait la patte. Les parents d'Iris ne nous ont pas salués. Je ne sais plus qui m'a dit que son daron était son beau-père en fait. Je n'ai pas du tout kiffé son regard sur nous. Un truc pas net, puis ça m'est sorti de la tête. On a déposé nos fleurs et on s'est tirés. Plusieurs filles ont gerbé sur le chemin du retour. Moi, je revoyais le texto que je lui avais écrit. « Vrais ou faux seins-seins, tchoin. » On avait bien rigolé avec Chloé et Sarah. Prends ça, sale pute. On l'avait tuée, c'est tout. Pas avec ces mots, bien sûr. Mais avec notre indifférence et notre harcèlement. Chacune d'entre nous, chacun d'entre nous, avait fabriqué la corde qu'elle s'était passée au cou. J'y pense encore aujourd'hui. « La chienne » c'est moi. C'est nous tous.

Tom

La loose*. Mais qu'est-ce qui m'a pris de suivre ce con chez lui ? On n'avait rien à se dire dans le métro qui nous emmenait dans son quartier. J'évitais de le regarder, j'avais plus envie de le fuir.

Une fois chez lui tout a dégénéré. Un appart si petit qu'on se cognait aux meubles. Je me suis vautré dans le canapé, j'ai réclamé une bière. Aaron n'en avait pas. Il m'a servi un whisky ras le verre que j'ai bu comme de l'eau. Bien sûr, tout ça m'est monté à la tête. Je me suis demandé avec quoi j'allais lui régler son compte. Sur la table basse trônait un cendrier en verre. Ça pouvait le faire. Je n'ai répondu à aucune de ses questions. Je me suis contenté de le fixer à travers ma frange, d'un air mauvais qui l'a désarçonné. Il a insisté.

« Qu'est-ce que tu me veux ?
– Qu'est-ce que ça peut te foutre ? » j'ai fini par lâcher.

Aaron s'est assis sur un siège face à moi, buvant son whisky à petites gorgées. Rien que ça m'agaçait. On aurait dit une fille sirotant son jus de pomme.

« Rien ne t'oblige à rester, tu sais. Tu peux partir quand tu veux.

– Ça va ! » j'ai gueulé.

Aaron s'est tassé sur son trône. Il n'a rien dit pendant de longues minutes. J'en ai profité pour mater la déco. À chier. Pas un seul livre sur les étagères. Je ne pourrais pas vivre dans un lieu pareil. Jamais je n'y retournerai. Si je me tapais ce con, ce serait juste une fois. Ses jambes écartées me plaisaient bien. Ce n'était pas le seul truc que j'aimais en lui. Sa gueule aussi. Ses sourcils épais. Sa bouche entrouverte. Ses yeux sombres qui disaient plus que ses mots. Mais je n'avais pas envie d'en connaître davantage sur lui. Je me fichais bien de savoir qu'il vivait avec son père. Sa mère devait être morte ou remariée. Ailleurs.

J'ai bu un deuxième whisky. Je n'aurais pas dû. J'ai ôté mon pull, ouvert ma chemise, j'avais trop chaud. Aaron a retiré la sienne en m'observant. Le con. Il a cru que je lui lançais un défi. J'ai reluqué son torse plutôt bien fait, le mince filet de poils coulant jusqu'à son nombril. J'ai tendu la main pour le toucher, mais il était trop loin et je commençais sérieusement à être bourré.

Aaron est venu s'asseoir à côté de moi, offert, et a posé sa main sur ma cuisse. Je l'ai soulevée comme si j'avais attrapé une serpillière pleine de vomi. Et quand sa bouche s'est approchée de la mienne je n'ai pas hésité. J'ai saisi le cendrier sur la table basse et je l'ai frappé violemment avec. Il a eu l'air étonné avant de s'effondrer sur moi, sa tête dégoulinant de sang, tachant mon jean à plusieurs endroits. J'ai fait glisser son corps près de la table, le retenant pour qu'il ne s'y cogne pas.

Je suis resté hébété sur ce putain de sofa à attendre je ne sais quoi.

Puis j'ai saisi mon téléphone et j'ai appelé le Samu. J'ai dit que mon pote était tombé en se cognant violemment la tête sur un coin de table. J'ai reboutonné ma chemise. Tant pis pour son torse nu à lui. On a le droit de vivre comme on veut chez soi. J'ai frotté le cendrier sur l'angle du bois, avant de le laver dans l'évier de la cuisine.

Quand le Samu s'est pointé, Aaron a ouvert les yeux. Mais il n'a pas cafté. Il s'est laissé emmener. Un des types du Samu m'a demandé ce qui s'était passé. J'ai répondu qu'Aaron avait glissé avant de heurter la table. Et j'ai voulu savoir si je pouvais me tirer. J'ai signé un papier où j'ai inscrit mon numéro de portable, j'aurais signé n'importe quoi pour me retrouver dehors.

L'air frais. Respirer un grand coup. Apercevoir le véhicule partir avec Aaron dedans. Marcher longtemps dans Paris pour effacer cette fin de journée. Je ne sais pas pourquoi j'ai pensé à ses jambes écartées, à ses sourcils trop épais. J'ai chassé ces images d'un « Putain de merde » et j'ai continué d'avancer. Je me suis dit qu'il fallait que je tchatche avec Emma, que je lui dise tout. Je l'ai appelée, j'ai vidé mon sac en accélérant mon pas. Je courais presque jusqu'à elle. Je me sentais minable, écrasé par les vapeurs de whisky. Et si Aaron portait plainte contre moi ? Si ce petit con se vengeait en prévenant mes parents, ou pire, mes potes, en disant que j'étais une tarlouze ? Je pleurais en parlant à Emma qui d'une voix douce me suppliait de me calmer. Je ne l'avais pas tué. Il avait ouvert les yeux à l'arrivée du Samu. Mais s'il y avait une complication dans l'ambulance ? S'il décédait à l'hôpital ? Je reniflais ma morve, soulevais ma mèche histoire d'y voir un peu mieux.

J'avançais dans la nuit noire, tout juste éclairée par les terrasses des cafés et les lampadaires. Une pénombre où j'avais le sentiment de m'enfoncer.

J'ai écouté *Hymn for the Weekend*, de Coldplay, le volume à fond.

Emma

J'aurais mieux fait de dormir cette nuit-là. Quelle idée j'ai eue de demander à Tom d'essayer un keum pour voir. Pour ça on a vu. Il a failli le tuer. S'il doit buter filles et garçons, autant qu'il reste puceau à vie.

Heureusement Aaron n'a pas porté plainte. Il a confirmé la version de Tom : le coin de la table qu'il a heurté en tombant. Il a même envoyé un texto à mon frère, en le remerciant d'avoir appelé le Samu. Du coup, ils se voient un peu au lycée depuis son retour. Tom a fait la paix avec Aaron et avec lui-même. Je pense qu'ils vont devenir copains. À moins que Tom saute le pas. Je ne suis pas la seule à regarder Aaron quand il parle à mon frère.

Chloé dit « C'est chaud entre eux » à cause des yeux sombres d'Aaron qui ne quittent pas ceux de Tom. Un incendie pourrait ravager le lycée, il ne le remarquerait pas. Quant à Sarah, je n'en reviens pas, elle est jalouse. Elle, si gênée par l'œil du frangin entre ses seins, le regretterait presque. Elle nous prédit que Tom va bientôt virer de bord, comme si nous étions tous dans le même bateau. Seul Solal n'a aucun avis. Il dit comme nos parents, s'ils se prononçaient sur ce sujet – enfin c'est ce que j'imagine –, que « s'il est heureux comme ça, c'est cool ».

Je révise mes cours chez mon keum, penchée sur mes livres et cahiers. Je sens sa main me caresser doucement la nuque. Il ne me faut pas davantage pour interrompre mon travail et le rejoindre au lit, notre QG. L'avantage, c'est que nos fringues se retirent en un rien de temps. Tout valdingue dans la chambre. Mon tee-shirt atterrit sur son rameur. Mon fute sur son vélo. J'adore être au lit à six heures du soir. Ne faire qu'un avec le corps de Solal. Cette peau couleur d'épice où je laisse flâner mes doigts, ou ma langue, jusqu'à sa bouche que je graille* comme un pamplemousse. Les lèvres de Solal sont si épaisses qu'on les dirait botoxées. Sa bouche est énorme, j'y entre mon poing. Je le chevauche comme autrefois Iris et ses garçons, il m'arrive de fouetter ses fesses. Je suis libre et heureuse dans l'amour que me donne Solal et je ne m'en lasse pas. Je crie comme une sauvageonne et parfois Solal me bâillonne à cause de sa mère qui vient de rentrer. Si elle croit encore que nous faisons nos devoirs bien sagement, c'est la reum la plus swag* que j'ai jamais rencontrée. Je m'écroule sur le lit comme une baudruche percée. Je manque d'air, je respire comme une baleine, j'attends un peu avant de saisir le paquet de clopes. Je recouvre du drap mon corps nu, après avoir aperçu un peu de sueur entre mes seins.

Si la vie et les règles avaient été autrement, j'aurais pu ressembler à Iris. Me taper tous les mecs du lycée, essayer les filles, dormir à quatre dans un lit.

Mais je ne bois pas. Rien ne m'encourage à vouloir dépasser les limites.

La drogue me dégoûte. Je n'ai même pas fumé de l'herbe. Et finalement Solal me suffit. Faites qu'aucune meuf plus canon que moi ne me l'enlève. Que ses parents ne décident pas de partir en Colombie rejoindre ceux de Baptiste. Les plus belles pelles de ma vie. Pas question de raconter ça à Solal, je ne suis pas idiote à ce point. Et puis il n'embrasse pas si mal que ça. C'est juste que Baptiste m'a rendue dingue avec ses baisers et que je ne m'en suis pas remise.

Quand la mère de Solal frappe à la porte je viens d'écraser ma clope. Parfait timing. Elle propose une citronnade qu'elle vient de préparer, avec des petits gâteaux. Un goûter à sept heures du soir. Solal sait qu'on ne peut pas refuser. Qu'il nous faut vite nous habiller et retrouver sa daronne. Elle ne va pas rester longtemps car elle est de garde cette nuit à l'hôpital. Le père, lui, ne va pas tarder à rentrer de l'usine. Il fait des heures supplémentaires afin de mettre un peu d'argent de côté pour les vacances cet été. Mais il sera là pour le dîner, ce repas qu'il partage souvent avec son fils. D'ailleurs c'est Solal qui prépare la bouffe et met le couvert.

Son père cause peu. Ce n'est pas son fort. Solal dit qu'il est timide. Moi je suis sûre qu'il n'économise pas que l'argent. Les mots à force d'être dits se répètent et ne veulent plus rien dire. Je me vois en famille avec Tom et nos parents qui parlent de tout, et surtout de rien. Comme un bruit pour rompre le silence. Je n'écoute pas toujours leurs conversations. Je sais que Tom non plus. Je retourne dans ma tête à ma dernière lecture. Je réfléchis à l'histoire, aux personnages, j'imagine une suite. Ce n'est pas pour rien que le mot « fin » n'est jamais écrit à la dernière page d'un livre. Par contre je ne sais pas à quoi pense Tom. On a beau être jumeaux, on ne peut pas tout savoir l'un de l'autre malgré ce que j'affirme crânement.

Chloé

Sur mon ordi, j'ai trouvé une photo d'Emma qui pourrait convenir. Ce jour-là, on chinait des fringues chez Sarah. On était plutôt nombreuses, car Sarah avait organisé une vente au profit des migrants. Emma se promène en petite culotte, et repère un jean qu'elle aimerait enfiler. Avec Photoshop on doit pouvoir gommer les cintres de vêtements et isoler Emma en petite tenue. Et lancer la rumeur « tchoin ».

En référence à cette chère Iris qui s'est pendue.

Franchement elle l'a bien mérité cette biatch*. On ne s'affiche pas avec autant de garçons sans s'attirer les foudres. Surtout au lycée. Moi, je ne crois pas qu'on soit si libres que ça, nous les filles. Tant qu'on a un BAE*, tout va bien. À la limite les gadjis sont jalouses de toi. Mais on est bien au chaud dans un lit à décider ce que bon nous semble. Je ne suis pas sûre qu'il soit cool non plus d'être lesbienne dans un groupe de meufs. Enfin je n'en sais rien, je n'ai jamais brouté une meuf. Pas mon truc.

Au début du trimestre l'année dernière on en a eu une, de lesbienne, et elle s'est intéressée à notre groupe. Bien sûr Emma l'a admise en nous la présentant. Cheveux courts, des anneaux aux oreilles. Le genre de meuf plutôt sympa, je l'avoue, avec des blagues hyper-cochonnes qui me faisaient rire aux éclats. Jusqu'à ce qu'elle me propose de me faire jouir, là, tout de suite, alors qu'on déjeunait toutes à la cantine. J'en ai avalé tout rond mon morceau de bifteck, et j'ai bien failli m'étrangler. Sarah et Emma pouffaient comme des dindes. Heureusement ses parents l'ont retirée à la fin du trimestre pour s'arracher je ne sais où. Non mais est-ce que j'ai une tête à jouir, là, tout de suite ? J'ai refusé de lui parler jusqu'à son départ et si je lui ai fait de la peine, je m'en tape. Ce n'est pas parce qu'on a quinze ans qu'il faut tout essayer. L'alcool et la teub*, ça me suffit. Même si je n'ai jamais vu une teub pour de vrai.

Je me demande qui je peux appeler pour Photoshop. J'y entends que dalle. Ah oui, celui qui m'a installé PowerPoint sur mon ordi s'y connaît bien dans ce genre-là. Un geek* qui se nomme Léon. Il traîne souvent avec Aaron. Je ne sais plus qui me l'avait désigné dans une fête. Un mec hyper-laid, le genre à vous dégoûter de la life. Je vais rajouter deux ou trois billets de cent euros pour l'acheter. Avec un peu de chance, il aura quelques bonnes idées à exploiter, genre changer le décor, ou, peut-être, effacer sa petite culotte. Géant.

Je l'appelle. Il décroche à la première sonnerie. Je lui fais un petit numéro, je roucoule sur mon portable, je me souviens très bien de ce qu'il a fait pour moi, d'ailleurs je n'ai pas oublié. J'ai besoin de transformer une photo pour faire une bonne blague et d'un portable sans carte. Je lui propose cent euros, il me répond : « OK pour trois cents. » Je dis oui parce que ça me saoule de chercher quelqu'un d'autre. Je dirai à ma mother que je me suis fait carotter mon portefeuille avec mille euros dedans et je serai grave gagnante.

Dans la mif*, on se promène toutes avec du cash sur nous. Maman paye même le loyer en billets de cinq cents euros, et pareil quand elle fait un shopping avec sa fille chérie. C'est aussi la reine du black. Elle se fait payer par son employeur en liquide, comme ça elle n'est pas déclarée, et merde aux impôts. Dans la vie, elle dit qu'il faut savoir se débrouiller, maintenant que papa l'a larguée pour une zoulette plus jeune. Une pute évidemment. N'empêche qu'elle se démerde bien, ma mère, avec la pension qu'elle a soutirée à ce con de père, son nouveau keum plein aux as, et les sacs de cash qu'elle planque sous le matelas. Y a qu'à se servir, elle ne sait jamais combien d'argent elle a exactement. Rien n'est trop beau pour sa fille unique qui ne doit manquer de rien. Je n'ai qu'à demander, je l'ai. Seulement voilà, ce n'est pas maman qui va me trouver un mec. Et mon beau-père, je le lui laisse, trop vieux avec ses rides de partout et son gros bide. Encore heureux qu'il n'ait pas les mains baladeuses, je lui aurais fait cracher son fric. Il charbonne* dans l'import-export.

C'est vague.

On s'en fout tant qu'il nous entretient, ma mère et moi.

Tom

Je crois qu'en voyant la photo, j'ai juste pensé que c'était vraiment le hess. Un numéro masqué. Je me suis dit que tout recommençait. Iris était morte pour rien. Emma debout, de dos, à poil, tournant son visage dans une chambre, où l'on distingue vaguement un lit défait. Et sur la photo le mot « tchoin » gravé en bleu. Impossible d'en parler à Emma, j'étais en cours d'anglais, et elle d'espagnol. Je suppose qu'elle l'a reçue pendant son contrôle ou que quelqu'un la lui a balancée : dans ce cas-là, y a toujours une bonne âme pour le faire. Aussitôt la classe libérée, j'ai foncé vers elle, le cœur battant. Elle se tenait contre le mur, le visage défait, Sarah et Chloé autour d'elle tentant de la rassurer. Je pourrais entendre d'ici : « Ce n'est pas grave », « On va trouver une solution » ; et Emma, en écartant ses copines d'un geste, s'est mise à courir en rejoignant la cour, me passant devant, en larmes, sans me voir. Je l'ai rattrapée en quelques pas. Je lui ai pris le bras et j'ai juste dit : « C'est dégueu. » Emma m'a pris dans ses bras et on est restés longtemps ainsi, tandis que les élèves du lycée se rapprochaient de nous en nous encerclant. Solal a fendu la foule et nous a séparés.

« C'est quoi, cette photo, Emma ?
– Je n'en sais rien, Solal. Elle me dit vaguement quelque chose, mais pas comme ça. Pas à poil. Je ne comprends pas.
– Tu veux dire qu'elle est trafiquée ?
– Évidemment, je n'ai pas pour habitude d'être à oilpé, en dehors de notre QG. »

Sarah et Chloé se tenaient tout près de Solal.

« Moi je me souviens de cette photo, Emma, a dit Sarah d'une voix blanche.
– Tu es sûre ? a demandé Chloé, on est toutes un peu sous le choc là.
– Oui, cette photo a été prise chez moi quand on a fait la vente des vêtements pour les migrants. »

Un garçon plus loin a crié : « Drôle de tenue pour acheter des fringues. En plus elle est dans une chambre. Je ne vois pas trop le rapport. »

Une rumeur a commencé à enfler dans la cour. Les gars se sont mis à taper sur leurs cuisses. Ils avaient tous eu la photo d'Emma. Les mêmes qui, un an plus tôt, salissaient Iris. J'en faisais partie. J'ai craché sur elle. Je lui reprochais son désir de coucher avec moi. Je m'en voulais d'avoir dit non. J'étais comme tous mes potes, le cerveau de la taille d'une tête d'épingle, habité d'une rage contre le monde entier. Pour tout ce que nos parents nous refusaient, pour la tête d'un prof qui ne nous revenait pas, pour les colles injustifiées, il fallait que quelqu'un paye.

Ça ne s'arrêterait donc jamais ? Ce ne pouvait pas être un hasard. Emma, la fille la plus cool du lycée. La plus cool, tout court. Qui lui en voulait à ce point ? Quelle élève avait-elle blessée sans le vouloir ? Je retournais toutes ces questions dans ma tête, sans comprendre.

« Sarah, j'ai dit, si tu te souviens de la photo, réfléchis bien. Tente de te rappeler ce moment où Emma était chez toi. Si elle essayait des vêtements, elle a très bien pu se mettre à poil avec toutes les autres filles, non ?

– Emma, a rugi Solal, fais un effort, tu es la seule à pouvoir te souvenir.

– Ça va ! Je me rappelle, a répondu Emma. Mais je portais une culotte noire. Regarde Solal, tu vois bien que ce ne sont pas mes fesses, en plus. Je n'ai aucun grain de beauté, à ce que je sache. »

Et Solal, d'abord incrédule, observe la photo de plus près en l'écartant avec ses doigts, et, se retournant vers tous les autres élèves, hurle :

« C'est vrai, ce ne sont pas les siennes, et personne ne les connaît aussi bien que moi !

– Alors c'est du Photoshop, a balbutié Sarah, mais c'est atroce. Qui a pu imaginer un truc pareil ?

– Sûrement une meuf qui te hait, a ajouté Chloé en se mordant le pouce.

– Qu'est-ce que vous avez à tous nous fixer, bande de cons ? a beuglé Solal. C'est fini. C'est une saloperie de plaisanterie. Jamais Emma ne serait capable d'une chose semblable. D'ailleurs, je n'y ai pas cru une seule seconde. »

Ben voyons. Si tu le dis...

Garçons et filles se sont dispersés dans la cour, tête basse. Solal a emmené Emma en dehors du lycée (fuck les profs) et nous a plantés, Sarah, Chloé et moi. Puis les meufs se sont excusées, les cours reprenaient. Toute cette affaire s'est éteinte comme un pétard mouillé. Je n'arrivais toujours pas à le croire. Les deux histoires s'étaient superposées, mais seule celle d'Iris va rester en mémoire pour son issue. Il ne reste qu'à connaître celle ou celui qui a tenté de mettre le feu aux poudres pour Emma. Quelque chose me dit qu'on ne le saura pas. Tout comme on a ignoré la vie d'Iris et les vraies raisons qui l'ont poussée à se pendre. Personne ne s'en est soucié, pas même moi. Cette pauvre fille est morte dans l'indifférence générale. Nul n'est retourné sur sa tombe avec un bouquet de fleurs ou une pensée. On l'a laissée pourrir dans sa boîte sans un seul mot réconfortant.

Je suis resté droit comme un I, me fichant bien du reste de la journée. Et c'est là que j'ai aperçu Aaron, venant à moi, souriant, et j'avoue que ça m'a fait plaisir de le voir. Ce qu'il m'a dit par contre ne m'a pas plu. Mais je ne peux pas lui en vouloir, il fallait du courage pour me raconter tout ça.

Léon, son copain, lui a tout balancé dans la cour. Tout ce qu'avait fait Chloé. Il n'aimait pas beaucoup la tournure qu'avait prise cette comédie. Au départ il s'agissait juste d'une bonne blague. Pas d'un lynchage.

Et cette pute de Chloé qui lui avait demandé cette photo devait payer.

Aaron

Je cherche encore Lucas sur les réseaux sociaux. Des heures à observer chaque photo sur le profil du prénom sans nom. Avec la chance que j'ai, il ne s'y est pas inscrit. Ou sous un pseudo, et je ne le trouverai jamais. Ce jour-là, dans sa maison, j'ai été à lui, il a fait de moi ce qu'il voulait et j'ai aimé ça. Je ne sais pas pourquoi je n'ai pas pensé à lui demander son numéro. Lui non plus, d'ailleurs, n'a rien réclamé.

Je n'en ai parlé avec personne. Mon père ne comprendrait rien. Il se retourne sur toutes les jolies meufs dans la rue et me dit : « T'as vu ? » comme si c'était suffisamment discret pour que ça m'échappe. Je fais oui de la tête. Mais je n'en mate aucune. Je lui mens. Je parle de cette fille que j'ai embrassée au Pam-Pam et je raconte que je l'ai suivie chez elle. J'invente que je l'ai revue plusieurs fois. J'évoque aussi celles au lycée à qui j'ai roulé des pelles et chez qui j'irai quand les parents seront absents.

Quand je vais à Perpignan chez maman, qui s'est remariée depuis, je répète les mêmes cagades, mais je vois bien qu'elle ne me croit pas. Pas plus que son nouveau mari, à qui je n'ai rien à dire. Heureusement je ne reste pas assez longtemps, en tout cas pas assez pour retourner à Canet-en-Roussillon et chercher Lucas, et tant pis si j'en meurs d'envie à chaque fois. Il me faudrait une voiture.

De retour à Paris, je découvre mon vieux affalé dans son fauteuil qui regarde une chaîne de sport. La femme avec laquelle il devait refaire sa vie ne l'a pas attendu. Papa dit qu'il est bien mieux seul. Qu'il y a tant de jolies femmes dans le monde, qu'il a tout le temps avant de s'y remettre. Que ma mère l'a épuisé, qu'il mérite bien un peu de repos. Au moins je n'ai pas besoin de mentir davantage à une pétasse qui ne se serait pas souciée de moi.

J'avoue que ce n'est pas désagréable de vivre avec mon père. Finis les disputes et les cris qui me réveillaient la nuit. Terminées mes crises de larmes sans le son, à pleurer dans le noir, derrière une porte. Papou n'est pas un as en cuisine, on mange souvent pareil, des pâtes, des pizzas, des burgers, avec du Coca ou de la bière. Mon vieux les descend à une vitesse inouïe. Le pack fait juste une soirée avant qu'il ne s'endorme dans son fauteuil. Désolé, mais il est trop lourd pour que je le porte jusqu'à sa chambre.

N'empêche qu'il a eu la trouille de sa vie quand il a su que j'avais passé une nuit à l'hôpital. Il a dû rentrer en urgence de son voyage à Thuir pour venir me chercher à Cochin. Je lui ai donné la version officielle, celle que j'ai confiée au médecin également. J'ai glissé après avoir retiré mon tee-shirt, et je suis tombé la tête en avant sur le coin de la table basse. On n'a rien de raisonnable quand on a quinze ans.

Tom m'a fait flipper. Je ne lui en veux pas non plus. On a discuté depuis. Il voulait coucher avec moi pour voir s'il aimait ça. Mais ce n'est pas aussi simple que d'essayer un pantalon avant de l'acheter. Je lui ai proposé de l'attendre et d'être là quand il sera prêt, bourré ou non, mais à condition qu'il ne me frappe plus jamais. Je pense que je l'ai touché, avec mes mots et ma patience. Je sais qu'il a été très soulagé que je ne le dénonce pas à sa famille et à ses potes, Gaspard et Timothée. Je ne suis pas comme ça. Moi non plus je n'ai rien demandé. Je n'avais pas prévu de rencontrer Lucas ce jour de colère. Ni de faire l'amour avec ce gars qui m'a retourné dans tous les sens du terme. La prochaine fois que je vais à Perpignan, je m'arrange pour obtenir de mon beau-père qu'il m'emmène à Canet-en-Roussillon. Et à moins que Lucas ait déménagé, je finirai bien par le retrouver. Et après ? Je vis à Paris maintenant. Je ferais mieux de m'intéresser aux garçons du lycée. Depuis Lucas, je sais ce que j'aime. Je n'ai plus aucun doute. Plus besoin des tabourets du Pam-Pam, ni des filles du lycée.

Les garçons embrassent mieux, pour de vrai.

Ça me donne envie d'écouter *Kiss*, de Prince.

Gaspard

Je ne sais pas pourquoi j'ai préféré Sarah à Chloé. Peut-être parce qu'avec Sarah, j'ai pensé qu'on pourrait essayer de faire un bout de route ensemble. Je n'aime pas les filles qui rient trop fort. Elles me mettent mal à l'aise. Et puis je kiffe les brunes. Les blondes, c'est des nids à emmerdes. Toujours à miauler pour un rien, à s'acheter, quand elles le peuvent, des vêtements chics et hors de prix.

Moi je viens d'un patelin où vivent encore mes parents. Quelque part dans l'Orne, en Basse-Normandie. Ça s'appelle Montsecret, et croyez-moi, il n'y en a pas un seul. Le genre de commune où il y a plus de vaches que de voitures. Y a même un écrivain célèbre qui vit dans le coin, j'en ai parlé avec Tom qui ne l'a jamais lu. Bon, Robert Littell c'est plus pour nos parents que pour nous. Enfin pour ceux de Tom.

Moi je ne lis pas, ça m'emmerde. Je ne me concentre pas suffisamment. Dès que mon téléphone vibre, je perds la page. Je préfère le sport et les nanas. Enfin, depuis que j'en ai une, rien que pour moi, je compte bien m'en occuper comme il faut. Et me forcer à lire des bouquins pour lui montrer que je ne suis pas qu'un bourrin. Timothée m'a rappelé que je n'allais plus me mettre dans pareilles situations et tirer sur tout ce qui bouge. Sarah n'apprécierait pas de me découvrir dans cet état, pourtant elle m'a vu plus d'une centaine de fois me mettre en vrac. Mais elle ne me calculait pas à l'époque. J'étais juste un porc parmi les autres qui grognait de loin à ses oreilles. Pourtant j'ai vraiment aimé être un minable dans ces fêtes, où tout s'accélère trop rapidement, imbibé de gnôle et de désir pour n'importe quelle gadji prête à se faire rouler une escalope*. Mais avec Sarah, tout va changer. J'en oublierai peut-être cette lueur de folie dans le regard d'Iris qui m'a forcé à la frapper. Je n'en suis pas fier. Elle savait se défendre. Je l'ai bien mérité. Et pourtant, je l'ai insultée dans la cour du lycée, j'ai envoyé des textos horribles le soir. Je voulais qu'elle ravale sa gifle. Mon orgueil de petit mâle à la con s'est enroulé autour de son cou et l'a tuée.

Quand on est jeune, on se dit qu'on peut mourir très vite, d'un accident de voiture, d'un coma dont on ne se réveillera pas. Alors il faut profiter de la vie à chaque seconde et surtout dans ces soirées où ces pelles à gorge déployée réconcilient avec la vie. Ça va me manquer, tout comme mes défis lancés à Tom, mon pote docile, ridicule parmi les sages qui ne connaissent rien à la vie.

Je vais me consacrer à Sarah, explorer chaque millimètre de sa peau, faire monter son désir avant le mien. Elle se sent si désemparée ces derniers temps depuis la trahison de Chloé. J'aurais dû lui lâcher que je ne la sentais pas, cette meuf. Le genre à dire « Non merci » quand on lui demande si elle veut bien qu'on lui bouffe la teucha*. Depuis la photo trafiquée, elle est absente pour maladie, la pute. Le lycée de toute façon l'a collée en quarantaine, plus personne ne voulant lui tchatcher. Sa mère est venue voir la direction, elle s'est fait siffler par les garçons, et plusieurs meufs dont Sarah et Emma ont craché sur son passage. Le genre mouton frisé à deux pattes, maquillée comme une tepu*, la jupe trop courte, qui nous lançait des regards noirs, alors que nous n'y étions pour rien si sa fille était une salope.

C'est vrai qu'on ne pardonne rien, nous les ados. Faut dire qu'on vit dans un monde critique, ce n'est pas notre faute si ça pète de partout. Faut bien se défendre, sortir les griffes qu'on n'a pas, mordre à pleines dents, quand on n'a pas la bouche pleine de ferraille. Crier fort qu'on déteste tout, nos parents, nos profs, et qu'on en a marre de ne pas avoir le droit de conduire, ni d'acheter d'alcool en grande surface, là où il est le moins cher. Ça coûte un bras chez l'épicier et tous nos vieux ne sont pas blindés. Moi j'ai que dalle en argent de poche. Mais je me débrouille.

Je vends mes fringues et celles de mes potes plus blindés que moi. Parfois je deale un peu de beuh* avec Benjamin. Je travaille comme serveur deux soirs par semaine dans un restaurant de tarlouzes, ça je le garde pour moi, mais ils payent bien et tant pis s'ils me mettent la main au cul parfois. Ce n'est pas bien méchant. Je me laisse faire mais je grogne quand même. Je pense que ça les excite. En tout cas grâce à eux et au reste, je vais pouvoir prendre soin de Sarah et de son petit corps de sirène. Ça devrait bien m'occuper pour l'année à venir.

Emma

Le calme est revenu au lycée et dans ma tête. Chloé, finalement, a changé d'école du côté de chez elle, à la Défense. Je n'en reviens toujours pas. Nous étions les meilleures amies du monde. Un trio infernal avec Sarah. On se racontait tout. On s'appelait au secours à n'importe quelle heure. On se disait bonne nuit, et bonjour, au quotidien, par SMS. Je lui ai tout révélé de Solal, ou presque. J'ai mis le feu aux poudres. J'aurais dû me méfier un peu de ce brin de fille un peu farouche qui nous observait parfois en biais, Sarah et moi. Elle s'inventait même des torticolis, c'est dire. Je mettais ça sur le compte de l'humeur, des garçons qui ne s'intéressaient pas à elle. C'est vrai que son rire me gênait. Je le trouvais plutôt vulgaire. Même s'il attirait le regard des mecs, pire que nos soldes en janvier à nous les filles. À commencer par Tom que ça faisait marrer. Moi, je ne savais pas où me foutre et j'observais Sarah, mal à l'aise, souriante, pour ne pas l'assommer. Le hit, c'est la mère de Chloé, que je n'avais pas vue avant. Chloé n'y tenait pas. Elle en avait honte. « Une prochaine fois », disait-elle, qui n'est venue qu'après le scandale.

Quand Tom m'a tout raconté, j'ai cru que j'allais mourir une deuxième fois ce jour-là. Mon sang n'a fait qu'un tour, comme dit maman. J'ai ressenti la rage jusqu'à mes dents, tandis que je me raidissais tout entière. Jamais je n'ai levé la main sur qui que ce soit. Je déteste la violence et les gens qui se mettent en colère pour un rien, ce rien qui dit tout de leur vie. Chloé et Sarah étaient assises sur les marches qui mènent à l'infirmerie. J'y ai vu comme un signe. J'ai demandé à Sarah de s'écarter et j'ai chopé Chloé par le col. Je l'ai traînée sur quelques mètres pour lui en coller deux, aller-retour, bien sonnantes. Le genre de claques qui laissent des traces de doigts. Après j'ai saisi ses cheveux, elle a réagi en tirant les miens, je lui ai fait un croche-pied et on s'est retrouvées par terre, et j'ai griffé son visage, lui maintenant les épaules au sol avec mes genoux tandis qu'elle essayait vainement de bouger. Peu à peu d'autres gows sont arrivées, Sarah en tête qui ne comprenait rien, et la plupart d'entre elles m'encourageaient parce que j'avais le dessus. Elles ont commencé à ouvrir les paris. Cinq euros que la blonde ne se relèverait pas. Je lui ai donné deux gifles de plus, à m'en abîmer les mains. Elle s'est calmée, a commencé à pleurer. Et quand elle m'a suppliée de lui pardonner, je lui ai craché au visage et je me suis redressée. J'ai détourné mon visage de Chloé, tendant mon bras pour garder mes distances. Sarah m'a pris la main.

« Alors c'était elle ?

– Oui. Viens, on sort boire un soda. J'en peux plus là, de cette journée de dingue. »

On s'est tirées avec Sarah, laissant Chloé avec les parieuses, trop saucées* d'avoir gagné de l'argent entre elles. Cinq euros. Cette tepu ne valait pas davantage. Chloé, ses cheveux défaits, sa blouse déchirée, ses larmes coulant avec le kôhl et le rimmel. Juste avant de quitter le lycée je n'ai pas pu m'empêcher de retourner vers elle, j'ai chopé son regard et je lui ai balancé : « Ne t'avise pas de revenir dans ce lycée ou je te tue. »

Une fois dehors Sarah m'a dit que j'en avais quand même un peu trop fait, mais qu'elle se souviendrait de ne pas me faire de crasse. On s'est marrées, on a bu un diabolo menthe et on n'a parlé que de ça. Mes mains n'arrêtaient pas de trembler.

Quand la mère de Chloé est venue au lycée, j'ai compris pourquoi Chloé ne nous l'avait pas présentée. Une version hardcore* de ce que deviendrait Chloé plus tard. Une pétasse. Je n'ai pas pu m'empêcher de cracher sur son passage. J'ai kiffé que les garçons la sifflent comme une tchoin. Je crois qu'on lui a montré qui nous étions, nous les ados. Qu'il ne fallait pas nous prendre pour les enfants du Bon Dieu ou d'Allah. On n'a besoin de personne pour s'affirmer et défendre nos droits. Et j'ai compris ce jour-là que j'étais bien plus forte que je ne l'avais imaginé. Que je savais me défendre contre quiconque s'en prenait aux gens que j'aimais. Je ne suis pas rentrée chez moi. Je suis passée voir Solal sans le prévenir.

Et je ne dirai même pas à Sarah comment on a pété le lit ce jour-là, en baisant comme jamais.

Sarah

Comment j'ai pu me faire berner par les grimaces de Chloé ? Gaspard a raison. Je vais finir par croire que les blondes sont des nids à emmerdes. Je lui ai confié tant de secrets. La meuf nue sur l'image, ça aurait pu être moi. Je ne l'aurais pas supporté. J'admire Emma. Et j'avoue que j'ai craché sur le passage de la mère de Chloé, et que j'aurais bien aimé gifler sa fille. Heureusement que je n'en ai pas eu l'occasion, car je ne me serais pas arrêtée à ça. J'aurais cogné sa tête contre les marches et je l'aurais tuée. Mais j'ai gardé ça pour moi. Je n'en ai même pas parlé à Gaspard.

Il faut dire qu'avec Gaspard on ne discute pas vraiment. Jamais je n'aurais imaginé qu'il y avait autant de positions possibles pour l'amour. J'ai décidé comme Emma d'utiliser le stérilet dès la première fois. La pilule, je n'ai pas confiance. Ça donne des nausées et la diarrhée. En plus, j'oublierais de la prendre. Je n'ai aucune envie de tomber enceinte. Gaspard a proposé le préservatif, mais j'ai une copine qui s'est retrouvée grosse à cause du condom qui s'est percé. Elle s'appelle Mia. Elle était en troisième. Elle s'est fait aider par l'infirmière du lycée qui a dû prévenir ses parents. La galère. Comme personne n'en voulait, Mia a avorté et on ne l'a pas vue les six mois qui ont suivi. C'est dingue comment on l'a chouchoutée quand elle est revenue parmi nous. Elle n'a pas voulu nous dire qui était le père.

Et puis franchement sucer une capote, non merci. Je sais qu'elle peut avoir un goût de menthe, mais dans ce cas je préfère boire un diabolo avec Emma.

J'ai perdu quelques gouttes de sang la première fois avec Gaspard. Je n'aurais pas apprécié le truc gore à s'aimer dans un bain de sang. J'ai confiance en Gaspard, je me laisse diriger et je pense que le yoga que je pratique depuis des années m'a beaucoup aidée. Faire le chien ou la cigogne, je connais. D'ailleurs j'ai dû m'en expliquer avec Gaspard qui me trouvait plutôt experte pour une débutante. Au cas où j'aurais passé ma nuit dans un autobus rempli de garçons du lycée.

Je reconnais que Gaspard n'est pas le premier garçon que je galoche, mais le seul avec lequel j'ai eu envie d'aller plus loin. Une évidence. Je n'ai pas dit à Emma que j'avais aussi embrassé Baptiste. Je suppose qu'il y a prescription maintenant. Mais peut-être que non. Chloé, comme Carrie, celle du film d'épouvante, a entaché le lycée de son sang pour une vengeance. Bref, je suis sortie en même temps qu'Emma avec Baptiste. Je l'ai su par Emma. Baptiste, lui, se serait bien gardé de nous l'avouer. Et nous n'étions pas les seules à être folles de ses baisers. La moitié de la classe y est passée à mon avis. Il paraît que ce sont des cougars qui lui ont tout appris. Des pelles archibaveuses qui duraient des heures et qui me mettaient dans un état second. Je me disais que si j'allais plus loin avec ce gars, je ne m'en remettrais pas.

J'ai bien fait d'attendre Gaspard. Je me sens vivante avec lui, dans ses bras, il s'occupe bien de moi. Ce n'est pas le genre de garçon à ne s'intéresser qu'à lui, à jouir quand bon lui semble. Il tient à ce qu'on fasse ça ensemble. Je m'imagine être une roulure avec lui et j'avoue que ça me plaît bien. Je sais que je ne suis pas la première, loin de là, mais je m'en fiche, de toutes ces gadjis qui sont passées avant moi. Là, il est avec moi, et quand il ne l'est pas, il me manque. Je ne lui dirai pas que je suis sa pute et qu'il peut faire de moi ce qu'il veut.

Une fille ne dit pas ça. Mais certaines le pensent.

Il aime bien que je me remaquille avant l'amour. Mon rouge à lèvres passe de mes lèvres aux siennes et nous barbouille le contour de la bouche. Le revers de sa main me caresse la joue jusqu'à effacer le blush entre ses doigts scintillants. Puis sa bouche se pose sur mes yeux, léchant le fard à paupières, jusqu'à ce que je sois complètement nue.

Ça m'aurait plu de le faire connaître à mes parents, mais ils sont décédés depuis longtemps. Même moi je les ai à peine connus. Un accident de voiture sur une autoroute. Un camion fou qui s'est mis en travers de leur chemin. Le conducteur s'était endormi après avoir roulé plus de deux jours sans la moindre pause. Il tenait à ce que sa cargaison soit livrée à temps. Elle s'est répandue sur les deux voies, créant d'autres accidents, les cartons éventrés s'envolant d'un capot de voiture au suivant. Des milliers de pages éclaboussées de sang, volant au-dessus de l'autoroute, comme jetées du haut d'un pont. Le conducteur est mort, mes parents aussi.

C'est la reuss de ma mère qui m'a élevée et s'occupe de moi. Ma tante Héloïse. Elle ne s'est pas mariée. Elle croit qu'avec son boulot d'avocate et moi, ça suffit. Elle dit que les hommes sont des salauds et je la regarde sans répondre. Tous les hommes ne le sont pas. Il suffit parfois de suivre son intuition. Je n'ai pas très envie pour l'instant qu'elle rencontre Gaspard. Je ne lui ai jamais présenté personne. Elle serait capable de prendre des notes en l'écoutant avant de l'envoyer aux assises. Je ne m'y risquerai pas. Tante Héloïse hait les hommes. Moi j'en aime un. D'un autre côté, elle s'occupe bien de moi. Elle est généreuse et attentionnée.

Le débat est clos.

Plutôt envie d'entendre *I'm into You,* de Jennifer Lopez.

Aaron

Je traîne avec Léon et Mohamed dans les rues de Paris. On n'a pas de quoi se payer un repas, alors on marche. On mate les vitrines et les trucs dedans qu'on ne pourra jamais s'offrir. Quand on est raides, de toute façon, ça ne nous intéresse pas de remplir nos placards de toutes ces choses inutiles. Mais c'est beau à regarder et ça fait rêver. À quoi ça sert d'ailleurs de rêver ? À espérer une vie meilleure ?

Elle n'est pas si mal, ma vie. Lucas m'a révélé à moi-même. Tom me tourne autour sans arriver à se décider. Je sais qu'il finira par dire oui. Peut-être dans une de ces fêtes où on se met à l'envers pour montrer à quel point on se fout de tout. Mon père est plutôt cool et vivre avec lui n'a rien à voir avec le passé. Bien sûr, il est relou* avec toutes ces femmes qu'on croise dans les rues où à l'hypermarché et qu'il reluque en bon propriétaire qu'il n'est pas. Je les vois hausser les épaules ou lever les yeux au ciel, mais je n'aime pas quand elles le traitent de connard. C'est quand même mon père. Tant pis si elles ont raison.

Et puis j'ai mes potes à Paris, Léon et Mohamed. Ils savent tous deux que je préfère les garçons. Ils s'en fichent à condition que je n'essaye pas de les initier ou de leur mettre une main au cul. Ça tombe bien, ils ne m'attirent pas.

Léon est un geek de l'informatique, il passe son temps à démonter les ordinateurs pour les perfectionner. On peut lui demander n'importe quoi, il est au courant des nouvelles technologies, et il peut vraiment améliorer l'utilisation des portables et des computers. Grâce à lui, je suis passé de trois cents followers à six mille. Bon, ça épate les gars au lycée, et les meufs aussi, pour ce que j'en ai à foutre.

Je me dis juste naïvement qu'avec tous ces followers y en a bien un qui connaît un profil qui a entendu parler de Lucas. Et qu'il va finir par apparaître sur mon écran. Les heures passent si vite qu'elles ont déjà effacé une partie de cet après-midi-là, à Canet. Bientôt Lucas sera juste une impression et rien d'autre. J'aurai perdu jusqu'à l'odeur de sa peau et le goût de sa bouche. La pression de ses mains sur moi. Il restera juste un prénom à deux syllabes, balayé par les tempêtes.

Léon n'est pas bien grand. Quand il est assis sur un tabouret, ses pieds ne touchent pas terre. Il est un peu rond, bières et burgers obligent. Il a des allergies autour du cou et sur la tête. Franchement, il ne me viendrait pas à l'idée de vouloir le décoiffer. Mais il est d'une incroyable gentillesse qui m'a aussitôt plu. Ce gars-là se fendrait en deux pour rendre service à un inconnu. Il mate les filles, mais il sait bien qu'elles ne viendront pas à lui pour son physique. Alors il transforme leur portable en machine de guerre et y en a parfois une qui s'incruste.

Mohamed c'est différent. Il est musulman. Son prénom, une fois traduit, veut dire : « digne de louanges ».

C'est un garçon très badass, le plus jeune de sa famille. Il a cinq frères et sœurs qui étudient à l'université et des parents qui cumulent les emplois pour permettre à leurs enfants de mieux savoir se défendre dans la vie. Ils vivent à Marseille, où Mohamed se rend tous les mois. Il est logé chez un cousin à Montfermeil, mais après les fêtes, il dort le plus souvent sur le canapé de Léon. Et pendant les grèves, quand tout devient impossible pour entrer dans Paris, devenu une forteresse que personne ne s'aventure à assiéger. C'est un beau gars, mince, qui fait beaucoup de sport, pas loin du lycée, dans un terrain vague. Il travaille plusieurs soirs par semaine dans un haras des Hauts-de-Seine, à s'occuper des chevaux de course. Il y a toujours un coin là-bas où il peut dormir, sans retourner à Montfermeil, du foin où il est bon de se coucher quand on n'en peut plus de fatigue. Les soirs de fête, ça lui arrive de bosser. Il porte une fine moustache au-dessus des lèvres qui le vieillit un peu. Les filles ont un faible pour lui. Et Léon n'est pas très regardant sur les activités qui se déroulent sur son canapé. Il a le cœur sur la main pour Mohamed ou moi. Même si je n'ai jamais usé de son sofa jusqu'à ce jour.

Pas sûr que ce soit la came de Tom.

Léon

Je suis le mec le plus gentil de la terre. Celui dont on abuse et qui s'en fout. Mes parents m'ont fait naître laid, et je ne peux pas leur en vouloir. Ils n'ont pas recommencé ensuite. J'aurais été vénère d'avoir un frère canon ou une sœur gaulée comme Beyoncé. Et puis j'ai beau utiliser la crème des dermatos, j'ai des croûtes tout autour du cou et sur la tête qui, quand elles tombent, repoussent aussitôt. J'ai aussi constamment des pellicules sur mes tee-shirts ou mes sweats, comme une sorte de microclimat où il ne neigerait que sur moi. Je me suis habitué aux regards des filles, souriants puis horrifiés, avant d'être dégoûtés, comme si je n'étais qu'un tas de gelée nauséabonde. Heureusement certaines d'entre elles dépassent leur aversion et me gratifient parfois d'un sourire. Je sais qu'elles apprécient mes mains expertes, et ça je ne le dois qu'à moi. J'ai bossé nuit et jour sans que nul ne s'en aperçoive. Il faut dire que jusqu'au lycée, personne ne s'intéressait à moi.

Mes parents m'ont laissé pousser comme une herbe folle, à Rochefort-en-Terre, sans se soucier de ce que j'aimais ou pas. Ils me posaient sur une pelouse, l'air du dehors ne pouvant être que bénéfique, et venaient me rechercher le soir, quand ils y pensaient. Je mangeais les boutons-d'or et les coquelicots. Je m'allongeais, les yeux rivés au bleu du ciel. Je comptais les nuages. Parfois un voisin m'apportait un sandwich. J'ai grandi en plein air, à brouter de l'herbe comme les vaches, à me glisser sous leurs pis pour boire un peu de lait tiède quand j'avais soif. Je jouais avec la bouse et les cochons, je les chevauchais comme un cow-boy. Je dormais la nuit comme une bûche. À la maison dans mon petit lit d'enfant, et dehors dans n'importe quelle grange. Je n'ai pas eu un seul copain avant le lycée, personne ne souhaitant ma compagnie. Même le voisin me donnait le sandwich du bout de la main, craignant de me toucher. J'étais sale et pouilleux. Je me lavais nu sous la pluie, sans savon, en levant mes bras vers le gris du ciel. Et puis un matin, mes parents m'ont enfermé dans l'appartement et ne sont jamais revenus. J'ai eu le temps de démonter leur ordinateur et de le remonter pièce après pièce. Ce n'était pas la première fois. À cette époque je ne savais pas encore comment améliorer la technique, mais en nettoyant chaque pièce attentivement, j'ai toutefois augmenté sa vitesse. La police a défoncé la porte et m'a trouvé hilare, les mains noires.

C'est un vieil oncle qui m'a récupéré en râlant jusqu'à ce qu'on lui parle d'allocations qui lui seraient attribuées s'il acceptait de me prendre à sa charge. Le vieil homme m'a rangé dans sa voiture, attaché avec la ceinture de sécurité au cas où l'idée de m'enfuir avec les primes me viendrait en tête, et on est partis pour Paris. Il m'a donné sa chambre, dormant sur le canapé.

C'est pour ça que je l'offre à tous mes amis, ce canapé. Pas une fois je n'ai fermé les volets. Je filais dans les limbes en regardant les toits des immeubles et la lumière dorée se changer en gris bleu, avant de noircir tout le paysage. Pendant plusieurs années, des professeurs se sont succédé à la maison pour m'apprendre tout ce que j'aurais dû savoir à mon âge et que mes parents avaient oublié de m'enseigner, en me privant de l'école. Curieusement j'ai aimé ça et j'ai rattrapé des années d'ignorance. J'avais l'impression d'être le vilain crapaud qui se transformait en prince. Pourtant dans la glace je ne ressemblais toujours à rien, malgré mes cheveux courts et les beaux vêtements que m'achetait oncle Charles.

Les croûtes sont apparues une nuit de pleine lune et j'ai cru qu'une dizaine d'araignées farfouillaient mon crâne. C'était bien ma veine, maintenant que je me lavais deux fois par jour au savon. Oncle Charles m'a emmené voir une dermatologue qui a examiné ma tête avec des gants bleus. Elle m'a rappelé le voisin qui craignait de me toucher. Elle a prescrit toutes sortes de crèmes qu'oncle Charles étalait soigneusement matin et soir. Puis les croûtes sont descendues sur mon cou et j'ai hérité d'une très jolie collection de foulards pour mieux les dissimuler.

Oncle Charles a fini par m'offrir un petit studio dans le Xe, rue du Château-d'Eau, où je suis libre de désosser tous les ordinateurs et les portables quand ça me chante. Ma passion lui donnait des insomnies. J'accueille des amis, Timothée ou Mohamed, sur mon canapé, j'essaye de les aider comme oncle Charles l'a fait avec moi. Ou Julian, un garçon de bonne famille un peu paumé qui m'a appelé un jour pour augmenter ses followers et a passé la nuit sur ce canapé à me raconter sa vie dissolue.

Je crois que mon oncle m'a appris simplement à être quelqu'un de bon. Il s'est occupé de moi comme personne ne l'avait fait avant lui. Je pense qu'il n'était pas préparé à ça, mais qu'il a dû y prendre goût en étant devenu parent par accident. J'ai vu pour la première fois quelqu'un se soucier de moi. Me donner tout l'amour dont il est capable. Et même si j'ai mon propre studio, je retourne chez Charles au moins trois soirs par semaine.

J'imagine que je serai puceau jusqu'à la fin des temps, sauf si une meuf me change en prince Imrahil, ce qui ne risque pas de se passer. J'y ai cru pourtant, avec cette fille étrange qui me tournait autour dans les soirées à me réclamer tout et n'importe quoi. Je me suis dit qu'elle s'intéressait vraiment à moi. Une jolie blonde, Chloé. J'ai tenté plusieurs approches, en admettant que j'en connaisse une seule, mais elle s'y est dérobée en me demandant d'installer PowerPoint sur son ordi, puis d'ajouter des followers sur ses comptes. Et puis elle a voulu monter une bonne blague qui s'est avérée être un désastre. Jamais je n'arriverai à me résoudre à ce qu'il y ait autant de gens mauvais sur cette terre.

Mais bon, au moins, un jour ou l'autre, ils sont punis.

Tom

Je n'arrête pas de me retourner dans mon lit. Katouta en a marre. Il vient de partir malgré mes supplications. Sa place est encore chaude. Si je réveille encore Emma, elle va finir par se fâcher. Je n'en reviens pas, je n'ai pas révisé mes cours d'espagnol et j'ai eu la meilleure note de la classe. Emma est vénère. Elle a travaillé sans relâche chez Solal, et elle a tout juste eu la moyenne.

Ce soir on a dîné en mif. Franchement rasoir. Maman nous a posé plein de questions sur le fonctionnement du lycée. On aurait dit une interrogation surprise. « Les toilettes sont-elles mixtes ? J'espère, au moins, qu'aucun des lycéens ne vend de la drogue ? » « Est-ce que l'un de vous deux a eu recours à l'infirmière du lycée ? » On a balancé un non à tout, évidemment. Depuis l'histoire d'Iris, notre daronne n'est pas en paix. Il n'y a pas que nous qui avons été traumatisés. Papa, à son habitude, émiettait le pain et roulait des billes grises entre ses doigts.

Puis, en me fixant, elle a sorti sa phrase choc qu'elle me répète tout au long de l'année :

« J'aimerais que tu aies un peu plus de plomb dans la cervelle. »

Je n'ai pas répondu. Même des tonnes ne m'empêcheront pas de faire le con. C'est dans ma nature. Je n'ai pas plus envie qu'Emma de m'allonger sur le divan d'une psychanalyste et encore moins sur celui de ma mère. Je veux vivre, me dépenser, kiffer, haïr, je veux jouir, me défoncer la tête à écouter Nirvana, me bourrer la gueule dans les soirées et supplier Gaspard d'inventer d'autres défis. Depuis qu'il est avec Sarah, il ramollit du bulbe. J'espère qu'à la soirée de samedi, il va se dérider un peu. Les seins de Sarah ne m'attirent plus. Ils appartiennent à mon pote dorénavant. Surtout que les jours rallongent sérieusement et qu'il fera beau ce week-end. C'est l'appli météo qui le dit. Une fête en plein air, dans le jardin d'un cousin de Felicia, une meuf de terminale qui nous a tous invités dans cette maison aux portes de Paris. Gaspard m'a annoncé qu'il y aurait de la beuh. Bref, de quoi se mettre à l'envers. Trop cool.

Aaron me saoule ces derniers temps. Sans cesse à me demander un truc ou ce que je pense d'un tel. Je me suis un peu éloigné de lui et ça me va très bien. De l'air, que je respire. Il traîne dans les pattes de Gaspard et de Timothée, qui l'ont surnommé « la glu ». En plus mes potes me charrient, ils me disent qu'il ne parle que de moi. Gaspard a pris la pose, les mains sur ses hanches, et m'a soufflé qu'Aaron était amoureuse de moi. Ah ça non, je déteste l'emploi du féminin pour un garçon. J'ai dit à Gaspard que c'était ridicule, et qu'il ferait mieux de réfléchir à de nouveaux défis, et de laisser Aaron dans son coin.

D'ailleurs, je ne veux plus rien savoir. Je veux réfléchir à Felicia, que j'ai plus d'une fois repérée avec les garçons, le genre de fille inaccessible avec de longues jambes, qui nous a souri dans la cour plus d'une fois. Nous, les garçons, il ne nous en faut pas plus. Bon, Gaspard n'est plus sur les rangs maintenant qu'il est avec Sarah. Ne restent plus que Timothée et moi, et je tiens à me débarrasser de lui au plus vite. D'abord, c'est moi que Felicia est venue voir pour nous inviter, et pas lui. Je suis le seul lycéen à sa hauteur avec mon mètre quatre-vingts. Je suis sûr que cette nana est une bombasse* au lit. Elle m'a regardé comme si elle avait super faim avec ses beaux yeux de faon violets. Elle a secoué ses longs cheveux qu'elle a tenus d'une main en discutant avec moi. Puis elle m'a embrassé la joue en ajoutant que j'étais vraiment chou. Personne ne m'a jamais dit un truc pareil.

Je me retourne encore une fois dans mon lit. La place chaude de Katouta, c'est Felicia qui vient de se lever pour aller se brosser les dents. Je suis con quand même. Hier je pensais galocher Aaron, aujourd'hui je veux me taper Felicia. Défaire le zip de sa robe ivoire, mettre la main dans sa culotte, et choper sa langue. Katouta revient, enfin. Je ne bouge pas. Je le sens se glisser contre moi et me lécher le bas du dos. Je me demande si Felicia aimerait que je lui fasse pareil. Au moins si je lui roule des pelles et qu'Aaron nous voit, je serai tranquille un bon moment de ce côté-là.

Emma

On a partagé des Uber à plusieurs. Porte de Bagnolet, c'est hyper-loin. Les plus fauchés ont pris le métro. La maison est immense. Elle appartient à un cousin qui vit aux États-Unis. Felicia s'en sert pour les fêtes. Et ce n'est pas un jardin dans lequel on va passer la soirée, mais un parc. Il y a même des bancs pour s'asseoir et se rouler des pelles. Tom est très en forme, il a déjà avalé un whisky-Coca. Il est beau dans sa chemise blanche qui ne va pas le rester longtemps. Aaron est un peu à l'écart avec ses potes Mohamed et Léon. Ils discutent entre eux, assis dans l'herbe. Sarah est avec moi, tout comme Gaspard et Solal. Je connais de vue la plupart des lycéens présents, tous de terminale. Timothée revient du buffet avec des tas de trucs à grailler qu'il a posés sur des serviettes en papier. La musique est assez forte et il faut hausser un peu la voix pour se comprendre. Mais je kiffe bien ce début de soirée.

Felicia nous a tous embrassés quand on est arrivés. Tom a raison, c'est une frappe*. Elle a l'air très à l'aise parmi nous, passant d'un groupe à l'autre, laissant sur son passage des effluves de Chanel N° 5. Mon ex-parfum.

Depuis Solal, je mets Nina. Je regarde Tom s'éloigner de nous, faire le coq auprès de Felicia, lui prendre le bras, rire avec elle, sa mèche au garde-à-vous. Je jette un œil du côté d'Aaron toujours assis avec ses potes sur la pelouse. Il ne peut pas voir Tom de là où il se trouve et c'est préférable. Je ne sais pas pourquoi je m'inquiète pour ce garçon que je connais à peine. Peut-être parce que je sens que Tom peut engendrer la souffrance et que cette violence entre eux ne m'a pas plu du tout. Je sais de quoi Tom est capable. Et parfois ce reuf* que j'aime tant me fout la trouille. Sarah vient de glisser son bras sous le mien.

« Arrête de bader* et laisse-toi aller un peu », me dit-elle doucement à l'oreille.

Je l'observe à la dérobée. Je revois nos crises de larmes quand on est malheureuses et qu'aucun garçon n'arrive à traduire ce qu'on se dit entre nous. On s'est tant consolées ces dernières années qu'on comprend facilement nos chagrins. Sarah est capable d'entendre mes pensées. Elle a raison. Je devrais me laisser aller davantage, profiter de Solal si solaire, de sa main dans la mienne, de son œil bleu félin qui me rend folle. Je viens juste d'apercevoir Aaron qui s'est levé et se dirige vers le buffet. Il passe devant Tom et Felicia, ne les calcule pas et se compose une assiette qu'il rapporte à son petit groupe, accompagnée d'une bouteille de vin rouge. Il a l'air heureux, il rigole avec ses amis.

Je respire un grand coup. Je décide de me consacrer à mes amis. Solal m'attire vers le parc, il veut danser. Gaspard et Sarah nous emboîtent le pas. Je retire mes baskets, je veux sentir l'herbe sous mes pieds, fermer les yeux et me laisser porter par la musique. Pour une fois Tom n'est pas le DJ que j'aperçois, à l'entrée de la maison, derrière sa platine. Un garçon identifiable à ses cheveux bleus.

Une fille de terminale se présente à moi, elle s'appelle Romane. Je lui dis « Salut » et lui tourne le dos. Pas envie ce soir de nouvelles copines.

Cette fête a un genre auquel on n'est pas habitués. Il y a des serveurs derrière les buffets. D'autres circulent parmi nous avec des plats chauds présentés dans des verrines. Les bouteilles que nous avons apportées ont été dissimulées sous une bâche.

Quelque chose me dit que personne ne va manquer d'alcool ce soir. Parfois ce serait préférable. Certaines fêtes peuvent vite dégénérer. Nul d'entre eux ne tient réellement la booze*. C'est ce qui les pousse à ne pas compter les verres avalés et à ne jamais se soucier de celui de trop. De toute façon ils cherchent avant tout à s'éclater. Ils ne connaissent pas vraiment leurs limites et les dépasser les excite un max. Je peux le dire d'autant plus facilement que je ne bois pas. Même si, parfois, j'ai l'étrange sentiment que les verres de Tom entrent dans mon sang. Rien de plus terrible que de regarder ceux et celles qui vont trop loin. Il faut être saoule, j'imagine, pour au moins les comprendre.

Sinon c'est juste un spectacle lamentable.

Ça me fait penser à une chanson de Rihanna que j'aime bien, *Stay*.

Tom

La soirée avait bien commencé pourtant. J'avais bu deux whiskys-Coca, je me sentais bien avec, au bras, la fille la plus swag des terminales. Elle portait ce soir-là des chaussures à talons et elle paraissait plus grande que d'habitude. Une vraie girafe. Je n'ai même pas aperçu Aaron de la soirée. J'ai cru qu'il était reparti avec ses potes. Bref, je suivais Felicia comme un bon toutou qui attend sa récompense, quand un gars, genre rugbyman, s'est pointé en m'écartant du plat de la main, et a emmené Felicia serrée contre lui jusqu'au fond du jardin. Le genre balèze qu'il ne faut pas énerver. Je me suis dit qu'ils avaient sûrement des choses à se dire. Que Felicia finirait par revenir et qu'on pourrait reprendre le fil de cette soirée, moi à son bras, elle me murmurant des trucs dégueu à l'oreille. Et c'est là que je me suis rendu compte qu'ils ne discutaient pas du tout. En fait, il la tabassait, et Felicia hurlait avec sa bouche grande ouverte. Avec la musique on n'entendait rien.

Je n'étais pas le seul à mater la scène. La plupart des garçons se précipitaient vers eux. Je leur ai emboîté le pas. Le gars mesurait bien deux mètres et devait peser dans les cent kilos. Les premiers ont été éjectés, genre

Obélix et les Romains. Les suivants se sont retrouvés à terre, bien faisandés. J'arrivais en renfort ensuite. On l'a encerclé et chacun a saisi un de ses membres. On aurait pu se croire dans Gulliver. Le gars n'en démordait pas et nous cognait fort. Solal a eu l'arcade sourcilière fendue, et moi j'ai perdu une dent de devant. La loose. Et là, Aaron s'est ramené et lui a filé au moins deux coups de pied dans les roubignolles. La bête est tombée à genoux. Nous lui avons tous grimpé dessus en tirant ou mordant ce qu'on pouvait. Ses cheveux, sa nuque, un bout d'épaule, une oreille. Timothée était déchaîné. Il avait vraiment la haine. Le colosse dégoulinait de sang de partout. Il a toutefois réussi à se relever et a envoyé au visage d'Aaron un coup de pied, qui lui a pété le nez.

Les flics ont déboulé à ce moment-là, sirènes hurlantes, et ont embarqué le rugbyman après avoir pris quelques baffes de sa part et interrogé la plupart d'entre nous. Ça n'a pas duré plus de cinq minutes pour le coffrer. Et une bonne heure pour nous tous. Le Samu, lui, a emmené Felicia inconsciente, la robe blanche couverte de sang, et un gars aux cheveux bleus que je ne connaissais pas, amoché de partout. Un truc de malade. Il n'y avait pas assez de place pour nous tous.

On s'est tous regardés avec nos dents manquantes, nos arcades fendues, nos côtes écrasées et on aurait bien ri si on n'avait pas eu aussi mal. En plus, personne n'a songé à arrêter la musique, on se serait cru dans le tournage d'un clip de Booba. Je me suis assis à côté d'Aaron, son zen* pissait le sang. Il essayait plus ou moins de le tenir d'une main tandis que l'autre me cherchait et s'est posée sur ma cuisse. J'ai trouvé ça hyper-doux comme geste. Je n'ai rien dit, je n'ai pas tenté de la retirer. On avait du sang partout, sur nos vêtements, sur nos visages. On s'est matés avec beaucoup de tendresse dans toute cette violence.

Les filles sont sorties de la maison aux premières sirènes de la police et du Samu. Je n'ai pas été surpris d'apprendre qu'Emma les avait prévenus. La seule déjà dehors avant l'arrivée des secours, trop inquiète pour Solal et moi, quel que soit l'ordre. Niquée, ma chemise blanche, avec des traces de baskets comme des pneus, et du rouge à la Pollock. J'ai dit à Emma qu'on devait emmener Aaron et Solal à l'hôpital et qu'on ne pouvait pas les laisser dans cet état. Ma dent pouvait attendre.

Un garçon d'une vingtaine d'années avec son permis a proposé de nous conduire. Il s'est avéré que c'était le rhey* de Felicia. Marlone. Court sur pattes et poilu de partout. Sur ses jambes, ses bras nus, sortant par touffes du col de sa chemise, mangeant la moitié de son visage. Je l'avais repéré avec les flics. Il est resté un long moment avec eux. Sur la route, Marlone nous a parlé du rugbyman, un certain Maxence, pour lequel Felicia avait obtenu un éloignement par procédure pénale, après avoir été harcelée de nombreuses fois, depuis qu'elle avait eu le malheur d'échanger quelques phrases avec lui dans un club à Paris.

« Ce genre de gars, de toute façon, se fiche bien de la justice, a dit Marlone.

– Avec ce qui vient de se passer ce soir, a répondu Solal, ta sœur ne devrait plus le revoir de sitôt. Ce gars-là va aller en taule.

– Ouais, j'espère. »

Dans la voiture, je sentais la cuisse d'Aaron contre la mienne. Pour rien au monde je n'aurais voulu qu'elle s'écarte de moi. Pour la troisième fois, Aaron était venu à mon secours et je me trouvais un peu con, me rappelant la girafe à mon bras, dans sa robe blanche, puis s'enfonçant un peu plus dans la pelouse, au fur et à mesure des coups du rugbyman. Si nous n'avions pas autant souffert ce soir-là, j'aurais pu embrasser Aaron dans cette voiture filant vers l'hôpital sans me soucier du regard des autres. Même de celui de Marlone qui me matait dans le rétroviseur.

Solal

J'ai pour habitude de ne pas me mêler des affaires des autres. Je sais par expérience que ça vous revient comme un boomerang. Mes parents m'ont appris qu'on n'avait rien sans rien. Que la vie n'était pas un conte de fées à la con. Qu'il n'y avait aucune magie si on espérait trop de la vie. En réalité, ils m'ont inculqué la peur. La peur de ne pas être à ma place. La peur de mon prochain. La peur de tout perdre. Ils m'ont simplement élevé en se servant de leur chemin de vie, sans imaginer un seul moment que j'aurais un jour envie de m'en éloigner. Je ne serai ni infirmier, ni ouvrier à l'usine. Je veux offrir une vie décente à ma future femme et à mes enfants, plus tard.

J'ai seize ans et bien plus encore. Je n'ai rien de superficiel. Je suis entier, on me prend comme je suis. Je ne me mets pas minable dans ces soirées trop arrosées. Je sais m'arrêter avant. Je suis archiraisonnable. J'essaye de ne pas juger, mais j'ai du mal. Je n'ai pas vraiment d'amis, je prends ce qui vient, je m'adapte. De toute façon si c'est pour parler nanas et picole, non merci. Je fais du sport avec Timothée, lui au moins ne dit rien. C'est un gars fiable et ombrageux.

Depuis qu'Emma est entrée dans ma vie, j'ai changé. Je suis moins pessimiste, je crois que certaines choses sont possibles. Mais je dois composer avec son frère que je n'estime en rien. Un imbécile qui a tout pour lui et s'en fout. Je ne veux pas m'en mêler. Ils sont jumeaux en plus. Emma n'a rien de lui, mais je me garderais bien de lui dire ce que j'en pense. Je l'observe parfois dans les soirées se mettre la race* sans aucune limite. S'enfoncer un peu plus à chaque fois. Il a fait plusieurs comas éthyliques, aucune surprise s'il y reste un de ces petits matins. Et puis rien n'est dur pour lui. Ses parents ont du pognon. Il apprend sans réviser. Il a les meilleures notes les doigts dans le nez. Il amoche sa belle gueule avec sa frange de pédé. Tiens, justement, parlons-en. Tom se cherche, comme dit Emma. Pour moi il s'est trouvé, il est temps qu'il s'en rende compte. À quoi bon, d'ailleurs. C'est le genre de gars à partir en vrille à la moindre étincelle. À la place d'Aaron, j'aurais porté plainte. Je lui aurais donné une bonne leçon. Je ne pige pas les gars entre eux. Je n'ai surtout pas envie de les comprendre. Je déteste l'abandon de soi, le laisser-aller. J'aime le maintien, les valeurs. Je suis trop jeune encore, mais Emma ne sera pas la mère de mes enfants. En tout cas Tom ne m'encourage pas à changer d'avis. Je ne tiens pas à le traîner comme un boulet toute ma vie. Je finirais par le buter. Par sa faute, un abruti m'a pété l'arcade sourcilière. J'ai eu la tête bandée pendant plusieurs jours. Et même si je n'ai plus qu'un sparadrap aujourd'hui c'est bien à cause de Tom que je me suis rendu à Bagnolet.

J'ai toujours vu mes parents cumulant les emplois pour pouvoir vivre simplement et m'élever. Je sais que l'injustice est partout et qu'il ne faut pas se plaindre. Des vies sont bien pires. Certes, mais d'autres sont meilleures aussi, et je compte bien y accéder. Avec ou sans Emma. Ça me plaît qu'elle ne boive pas. Les meufs qui picolent, c'est pathétique. Elles s'accrochent à nos cous et nous aiment comme si leur vie en dépendait. Une fois baisées, elles disparaissent, à la recherche de mecs comme nous. Des keums à la gâchette facile. Comme Iris, l'année dernière. Elle m'a préféré d'autres gars, j'ai eu du mal à le supporter. Je l'ai filmée avec mon portable alors qu'elle me trompait avec Gaspard et Timothée, et j'ai filé la vidéo à Chloé, à sa demande. Je savais bien ce qu'elle en ferait, cette conne. Quand Iris s'est pendue, je lui en voulais encore. J'ai la rancune tenace. Emma n'a rien à voir avec cette pute. C'est un peu une fleur qui arrive à pousser dans le bitume, alors que j'ai toujours pensé que c'était impossible. Mais Chloé l'a salie à mes yeux avec cette photo d'elle à poil que tous les lycéens ont vue. Ça m'a vraiment foutu la honte. Quant à Tom, il n'est jamais loin. Tom bourré. Tom défoncé. Tom et les défis à la con de Gaspard.

Désolé, Emma, mais je n'en peux plus. Ça va à l'encontre de tous mes principes. Je ne veux plus continuer. Je ne te dirai pas pourquoi je m'en vais. Je n'ai pas à me justifier. Tu es trop belle, tu n'auras aucun souci à te brancher un gars plus cool que moi. Je ne quitte pas le lycée. Ce n'est pas à cette période de l'année que je pourrais m'inscrire ailleurs. Et je ne veux rien imposer à mes vieux. On va devoir faire avec. En me séparant de toi, je veux juste m'éloigner de ton reuf. Plus tard, je suis certain que tu me pardonneras. Notre QG va me manquer. Tu es la seule meuf que j'ai présentée à mes parents. Mais tu vois, maman m'a mis en garde contre toi.

« Les petites filles riches sont capricieuses, elle m'a dit. Elle t'en fera baver. Crois-moi, cette gamine n'est pas pour toi. »

C'est plutôt ton frère qui n'est pas pour moi.

Et ce ver, peu à peu, a pourri la pomme que nous mangions ensemble.

Je sais qu'on me jugera trop rigide et que certains seront surpris par ma décision qui peut paraître rapide, mais elle est mûrement réfléchie. Je n'en ai parlé qu'à Timothée. Et l'avis d'autrui, honnêtement, je m'en balec.

Timothée

J'ai bien aimé la soirée de Bagnolet, quand ce boloss s'est pointé pour cogner sur Felicia. Je ne connais pas bien cette lycéenne, mais on ne frappe pas une meuf plus jeune que ma sœur. J'ai kiffé grave la baston. On était quand même plus d'une dizaine à s'attaquer à ce colosse. Quand son poing a fendu ma lèvre, le goût du sang dans ma bouche m'a rendu maboul. J'ai réussi à me hisser sur ses épaules et j'ai mordu sa nuque à pleines dents. Vu son léger mouvement de tête et son cri rauque, je me suis dit que je pouvais persévérer. Je me suis rapproché de son oreille, tandis qu'en se balançant il cherchait à se débarrasser de moi. Nous étions nombreux à l'attaquer de toute part. J'ai pu l'atteindre et déchiqueter le lobe avec mes dents. Je l'ai craché en soufflant un cri de guerre.

Il m'a suffi de fermer les yeux et de penser à mon père. Toute cette haine accumulée au fil des années coulait dans mes veines comme du sang noir.

Je l'ai dit à ma sœur Miranda sur son répondeur. J'ai imaginé qu'elle effaçait peut-être mes messages sans les écouter. Qu'elle n'en avait vraiment plus rien à foutre de moi, de nous tous. C'est bien pour toute cette violence qu'elle s'était tirée. Pour ne pas ressembler à notre reum un jour. Je me disais aussi que ces confidences que je laissais après le top sonore étaient comme des fils invisibles qui nous reliaient encore elle et moi. Je comprenais qu'elle soit partie. Une fois majeur, j'en ferai peut-être autant. Mais qui sera là pour ma mère à part l'église et ses bancs inconfortables où elle se réfugie à toute heure du jour ? N'empêche que mon père la maltraite moins souvent. Elle est plus souvent à l'église qu'à la maison.

Des fois j'imagine des trucs horribles. Je me dis que toute cette violence c'est leurs caresses à eux. Puis je chasse cette image de guedin*. Je deviens fou à imaginer de pareilles choses.

Je sais bien à quoi ressemble une vraie caresse.

Les filles ne s'en plaignent jamais. Je n'en ai maltraité aucune. Je les respecte trop. Ça me démange quand elles se refusent à moi, mais j'arrive à me contrôler. Les brutaliser reviendrait pour moi à cogner maman. Même Iris, je ne l'ai pas touchée. C'est Gaspard qui s'en est chargé. Cette fille n'a réveillé en moi aucune pulsion meurtrière. Au contraire. J'aurais voulu la protéger, mais j'en étais incapable. Je l'ai regardée passer d'un lycéen au suivant sans la juger. Je l'ai laissée se pendre dans sa chambre. J'ai pensé à Miranda, je me suis dit qu'elle en aurait fait autant, si elle était restée. Je l'ai pleurée sur sa tombe, laissant une rose blanche derrière moi. C'est tout ce que j'ai entrepris. Abandonner une fleur qui allait se faner, tout comme Iris, parce que je n'avais pas eu le courage d'intervenir, comme je l'ai fait avec mes parents.

Je me sens si coupable à cause de ces années où j'ai été inutile. Juste assister, impuissant, à leurs bagarres, comme des meubles qu'on déplace d'une pièce à l'autre. Entendre leurs cris déchirant la nuit, quand ils se poursuivent dans l'appartement, avant de s'écrouler ensemble dans la cuisine, ou dans la salle de bains, sans un seul bruit, sinon leur souffle court, à haleter comme des bêtes. Longtemps Miranda s'est enfermée dans sa chambre. J'étais incapable de l'imiter. Je les suivais, j'assistais au match, fébrile, essayant d'intervenir parfois, me prenant la baffe du père ou un coup de pied involontaire de ma mère. Et pas une seule fois je n'ai rejoint la chambre de ma sœur. Je lui en voulais de se planquer, de me laisser seul, témoin des bagarres, et des rancœurs qui n'avaient pas besoin de motifs pour enfler. Je quittais la maison, me grillais une clope sur le trottoir, j'attendais que mon sang noir se calme. Même en hiver, je sortais en tee-shirt. J'avais si chaud que le froid du dehors ne m'atteignait pas. Ma tête semblait être sur le point d'imploser. Avec la sensation que tout mon sang bouillonnait, pareil à une cafetière sur le gaz, qu'il me maintenait en colère, assez pour shooter dans n'importe quel tas de feuilles et faire le tour du pâté de maisons à la recherche d'autres obstacles. J'en avais besoin avant de me glisser dans la maison silencieuse où personne n'avait remarqué mon absence. Après les cris résonnait un silence insolent qui me donnait le sentiment d'être l'unique survivant sur terre. J'aurais pu me croire seul si, en passant devant la chambre des parents, je n'avais pas entendu mon père ronfler. Comment pouvait-il dormir après s'être comporté comme un porc ? Et elle, que faisait-elle ?

Est-ce qu'elle comptait les coups à la place des moutons, avant de le rejoindre dans son sommeil ?

J'ai plus d'une fois profité du canapé de Léon pour ne pas rentrer après les fêtes. Je m'attends toujours au pire quand je retourne chez moi. Je crois que mes parents, sans le dire, pleurent leur fille qui s'est tirée. Les nuits où je découche, ils ne me reprochent rien. Je vois bien qu'ils sont soulagés de me voir revenir. Surtout ma mère. Elle me serre contre elle. Mon père me tape sur l'épaule, comme si j'avais battu toutes les meufs du lycée et que nous étions pareils, lui et moi. Un jour, quand je serai plus fort, et lui plus âgé, je pense bien lui régler son compte. Une bonne fois pour toutes.

Emma

Je suis dévastée. Solal vient de s'enfuir du café où il m'avait donné rendez-vous. Je jette un œil sur mon portable et je ne sais pas qui appeler. Sarah est avec Gaspard. Tom a disparu avec Aaron à la fin des cours. Je suis très calme, curieusement, mais je sens que ça ne va pas durer. Mon doigt fait glisser les noms sur mon portable jusqu'à mon daron. Je suis certaine qu'il aimerait consoler sa petite fille chérie. Ça craint, à mon âge, de l'appeler, mais qui d'autre ? Un de mes ex ? J'entends d'ici le rire de Clovis. Baptiste, j'oublie, il vit en Colombie. Et Virgile ? J'ai appris récemment que Jade l'avait plaqué pour un footballeur, askip*. Je l'aperçois parfois dans la cour avec sa bande de potes. Il ne me calcule pas, et mon salut de la main retourne à la poussière. Je peux toujours essayer. Si c'est son répondeur, ou s'il me jette, je pourrai joindre papa.

J'effleure son numéro, je colle mon oreille au portable. Trois sonneries, il décroche. Il me demande comment je vais et je réponds : « Pas bien du tout. » Le silence est si long que je pense un moment qu'il a raccroché. Je fixe mon phone, mais l'horloge continue de tourner.

Il veut savoir où je suis. Je lui donne l'enseigne du café. Il dit juste « OK » et raccroche aussitôt.

Je ne sais pas si j'ai bien agi. Je me rappelle encore cette soirée à la Défense chez la mère de Chloé et notre longue balade à pied. Virgile a connu Jade à la soirée où j'ai rencontré Solal. Aujourd'hui on a été plaqués tous les deux. C'est un signe, non ? Mais le signe de quoi ? Je n'ai pas vu Virgile depuis six mois. Je l'ai juste aperçu avec sa bande de potes chelous.

Je suis mal à l'aise dans ce café. Il y a trop de bruit. Les voix et les rires s'élèvent jusqu'au plafond et se mélangent aux bruits de pas et de couverts. Les serveurs hurlent les commandes pour qu'on les entende. Je me demande encore pourquoi Solal m'a jetée. Sans réelles explications. Soi-disant pour avoir plus de temps pour réviser les contrôles et passer le reste avec ses vieux parents fatigués. Ce n'est même pas pour une fille, ça je m'en serais rendu compte. Depuis que je suis avec Solal, les zouz* ne lui tournent plus autour. J'y veille. Je les éloigne par ma présence constante aux soirées et par les longues pelles qu'on se roule au fond des jardins, sur les balançoires, ou sur les canapés des maisons où on est invités. Je ne comprends pas. Je n'admets pas d'être jetée à la poubelle comme l'emballage d'un iPhone.

Virgile est déjà là. Il regarde autour de lui et me tend la main.

« Viens, Emma, foutons le camp. J'ai payé les consos. »

Payé les consos ? Solal me plaque et me laisse tout payer ? Quel connard. J'attrape la main de Virgile, trop pressée de quitter ce café où je ne remettrai plus jamais les pieds. On vagabonde une bonne heure en silence, sans rien dire. Je sais que Virgile adore arpenter Paris. C'est lui d'ailleurs qui m'avait décidée à rentrer avec lui de la soirée à la Défense.

« Tu sais, dit-il enfin, j'ai gardé les photos que j'avais prises de toi boulevard Haussmann. Tu veux les voir ? »

Je pouffe. J'avais presque oublié. On s'assoit sur un banc. D'un glissement de doigt, il fait défiler cette nuit-là. Je joue la star en descendant le boulevard. Je prends des poses de mannequin, que je ne suis pas. Certaines sont drôles. Ça me donne soudain envie de pleurer. Je ne sais pas chialer sans sangloter. Mes épaules dansent. Je suis juste pathétique sur ce banc avec mon chagrin et ce garçon que je connais à peine finalement. Mais il est là. Il m'a répondu au téléphone. À sa voix j'ai compris que j'étais enregistrée dans son phone.

« Allez, lève-toi, Emma. Il faut marcher. Ça sert à rien de pleurer, crois-moi. J'ai chialé quand Jade m'a éjecté et ça n'a servi à rien. Tu t'apitoies sur toi-même, c'est tout. »

Je me suis levée d'un bond et mouchée dans ma manche.

« Solal m'a plaquée, je dis.
– Je m'en doutais. Viens, on va remonter jusqu'au canal Saint-Martin. Y a des terrasses chauffées sympa. On pourra cracher sur nos moitiés. »

Virgile avance tout près de moi. Je me dis que j'ai de la chance de le connaître et que j'ai eu une bonne intuition en l'appelant. Il ne cherche pas à profiter de la situation. De toute façon nous avons toujours été amis. Il ne s'est rien passé entre nous. Juste un baiser de rien du tout. Je me rappelle sa bouche qui sentait le Nutella. Je ne sais pas ce qui se serait passé si je n'avais pas rencontré Solal ce soir-là, et lui Jade. Et je ne le saurai jamais.

Virgile

J'ai cru qu'Emma avait appuyé sur la mauvaise touche, ou que le numéro s'était déclenché dans sa poche comme ça arrive souvent.

Une fois, à six heures du matin, j'ai réveillé ma belle-mère. Je me suis pris une rouste au déjeuner du dimanche que je ne suis pas près d'oublier.

Emma. La fille la plus cool du lycée. La seule nana que je connais qui ne boit pas, comme moi. Pas besoin de ça, elle est toujours en forme. Elle rit, elle danse, elle aime s'amuser. Le coup de foudre à la Défense. J'avais le cœur qui cognait, je ne pouvais pas détourner mon regard de cette bombe qui venait de m'exploser entre les mains.

Des fois ce n'est pas le bon timing.

On est rentrés à pied, on a traversé tout Paris. On s'est embrassés après les crêpes. Sa bouche tiède sentait la groseille. J'avais décidé de lui avouer mes sentiments à la soirée du lendemain. Mais quand je l'ai vue avec Solal, j'ai compris que je m'étais fait doubler. Je me suis dit que notre histoire avait à peine commencé et que je l'oublierais facilement. Je me trompais.

Avant Emma, j'ai connu Iris. Le genre de fille qui compte. Il en faut de l'abnégation pour l'avoir autant partagée. Cette meuf respirait le sexe comme un parfum enivrant. Je n'ai pas pu m'empêcher de la frapper, tout en elle éveillait la colère. La rage de vivre. Je ne sais pas qui lui avait appris à se battre, mais elle était plutôt fortiche. J'ai cessé de la fréquenter quand j'ai compris qu'aucune limite n'existait entre nous. J'aurais pu franchement l'étrangler, juste pour voir. Jamais une zouz ne m'a fait un tel effet. J'ai pris peur et rompu avec elle. Iris s'en fichait bien. Je ne suis pas certain qu'elle recherchait l'amour. Je crois qu'elle prenait du bon temps en attendant son heure. Après sa mort, je suis allé déposer un bouquet d'œillets sur sa tombe. J'ai attendu que Timothée s'éloigne avant de jeter mes fleurs sur la pierre. Je ne sais pas prier. J'ai marmonné quelques mots débiles et je me suis excusé pour le mal que je lui avais causé.

Jade a commencé à me tourner autour, en me souriant de loin, une blonde canon que j'ai attirée à moi, étant plutôt beau gosse, paraît-il. Le hic c'est que je ne pratiquais pas assez le sport. Avec Jade je n'ai pas eu le choix. Je m'y suis remis. Deux heures par jour pour la conquérir. J'ai fini par ressembler à ce à quoi Jade s'attendait, le genre de mec que les meufs matent comme un objet, avec une envie folle de glisser leurs mains sur mes pectoraux et mon cul en béton. La forme, ça s'entretient. Je suis descendu à une heure, plus les longues marches dans Paris, et j'ai gardé ma ligne. Rien de plus libérateur que les endorphines après chaque séance de musculation. Je retrouvais Jade dans son studio à l'île Saint-Louis, j'enchaînais d'autres séances avec ma meuf, car pour lui plaire il faut être du genre expert. Pas le genre à kiffer deux malheureuses positions : il lui en fallait plus pour grimper au mur. C'est simple, Jade m'épuisait. Je me devais d'être inventif et endurant. Puis c'est arrivé sans que je réalise la portée de ces pensées. Emma s'est interposée entre Jade et moi. Je ne baisais plus Jade, mais Emma. Ça me donnait un regain d'énergie que Jade kiffait grave. Elle croyait que ça venait d'elle. Et tandis que j'écartais ses jambes, tenues à bout de bras, le visage d'Emma remplaçait le sien. Je n'ai rien vu venir. J'avais cette fille dans la peau, et ce baiser aux crêpes visiblement n'avait pas suffi. Je la croisais au lycée, apercevant son salut de la main, mais à quoi bon lui répondre ? Elle était avec Solal et moi avec Jade. Et quand je tombais sur Solal, j'éprouvais une certaine satisfaction à sauter pour de faux sa copine. Je sais qu'il n'appréciait pas ma tronche et ce qu'elle lui disait en silence. Il a levé le poing plus d'une fois mais s'est ravisé. Emma n'en a rien su, j'attrapais une de ses expressions pour la garder entre Jade et moi.

Quand Jade m'a plaqué pour Malo, ça ne m'a pas fait grand-chose. Le gars avait deux fois mon gabarit, je connaissais les goûts de Jade. J'ai un peu braillé au début, un truc de mec, mais très vite ça m'a soulagé. Je me suis dit que quelque chose ne tournait pas rond dans ma tête. On ne ken pas sa copine en pensant à une autre. Et pourtant, chaque soir, avant de m'endormir, j'ai continué à niquer Emma dans ma tête.

Cette seconde nuit avec Emma a été comme un catalyseur. Je dois la reconquérir. Y aller tout doux parce que Solal l'a larguée et qu'elle l'aimait, lui, contrairement à Jade et moi. Je n'ai jamais rien éprouvé pour cette blonde athlétique, juste le désir grandissant de la posséder en imaginant Emma.

Je veille sur Emma depuis qu'on s'est retrouvés. J'ai réussi à créer une friendzone* entre nous, sans ambiguïté pour elle. Je l'ai écoutée, j'ai payé toutes les consommations, je l'ai raccompagnée jusque chez elle sans rien lui demander. Quand elle m'a dit qu'on ne devait plus passer six mois sans se revoir, je lui ai proposé un cinéma le lendemain même, et elle m'a dit « Oui, quelle bonne idée », sans se soucier du film. Je crois que j'ai mes chances et qu'il ne faut surtout pas les gâcher. Je dois surtout l'empêcher de rencontrer un autre Solal.

Tom

Quelle bouse, ce Solal. Totalement frappé d'alignement*. Ça paraît mystérieux l'amour. Ça ne tient à rien, à un fil qui peut se rompre à tout instant. On est jumeaux mais je ne suis jamais entré dans la tête d'Emma, pas plus qu'elle dans la mienne. Pour ma sœur, je pense que c'est plus simple. Elle sait ce qu'elle veut. Elle se laisse un peu porter par les rencontres. Avant Solal, il y a eu d'autres garçons, et il est évident qu'il y en aura encore. Je ne m'inquiète pas pour Emma. Solal ne la méritait pas finalement.

Virgile a l'air cool avec elle, même s'ils ne sont pas encore sortis ensemble. Une vieille histoire. Juste une pelle, ça ne compte pas. Je sais de quoi je parle. À propos, en deux séances le dentiste m'a fait un bel implant. Je n'ai plus ce sourire de lapin qui faisait pouffer Emma. Quant à Aaron, il a enfin enlevé ce pansement de pochard.

J'ai rendu visite à Felicia à l'hôpital. La pauvre, il lui faudra patienter pour retrouver un visage décent. J'y suis allé avec Aaron à la fin des cours parce que j'avais la trouille de m'y rendre seul. Je crois que Felicia était contente de me voir et nous avons pu discuter un long moment. Aaron n'a pas dit un mot, mais il ne perdait pas une miette de notre conversation. Et puis son rhey Marlone s'est pointé, celui que j'appelle « le gorille » à cause de tous ses poils, très sympa par ailleurs, et on est restés dans cette chambre jusqu'à ce qu'une infirmière nous demande de déguerpir pour que Felicia puisse se reposer. Marlone nous a reconduits dans Paris avec sa caisse, et on a chanté des airs de Maître Gims à tue-tête sur sa super sono. Une fois dans le Xe arrondissement, il nous a lâchés pas loin du passage Brady et nous a invités à une fête qu'il donnait chez lui vendredi, avenue de Ségur. J'ai répondu « Oui, évidemment » et on s'est éjectés de sa bagnole, Aaron et moi, pour marcher ensemble.

« Je ne pourrai pas venir vendredi, m'a dit Aaron.

– Pourquoi ça ?

– Maman est à Paris pour dîner avec papa et moi. Je ne peux pas les planter.

– Tu pourras nous rejoindre après.

– Je ne sais pas, je verrai. »

Des fois, il me saoule, Aaron. Quand j'ai envie d'être avec lui, il a toujours un truc à faire. On n'est pas souvent sur la même longueur d'onde. Je ne vais connaître personne à cette soirée. C'est peut-être l'occasion de rencontrer de nouveaux potes. Et puis Marlone est cool. C'est le frère de Felicia. Autant être bien avec lui. J'ai reçu un texto avec l'adresse de la fête et le code de l'immeuble. Et un « je compte sur toi » de Marlone, avec trois pouces levés, hyper-chanmé.

Hier soir au dîner ma mère a dit qu'on sortait beaucoup trop à son goût.

« J'espère au moins que vous ne buvez pas trop. »

Meuh non, maman. On est des ados sages. Ni alcool, ni drogues. Et toi quand tu avais quinze ans tu faisais quoi ? Des mots croisés et du tricot ? Les générations changent, évoluent, quoi. On ne peut rien te dire, Emma et moi, parce qu'on ne fait rien de mal, enfin Emma. Elle utilise un stérilet pour ses rapports sexuels dont elle ne te parle jamais. Moi, je me murge*, j'aime ça, ne plus savoir où je suis. Qui je suis même. Je fume de la beuh et si un jour on me propose plus hard j'essayerai pour voir. Comme dit Mylène, on est une génération désenchantée, on est nés à la mauvaise époque, le terrorisme, le sida, les grèves, rien ne nous a été épargné. Il faut bien qu'on s'y retrouve, qu'on exulte, qu'on s'éclate. Il faut bien, comme tu dis, que jeunesse se passe. Regarde comment celle d'Iris a filé, une étoile haut dans le ciel, et, le temps d'un clignement d'yeux, plus bas que terre. En attendant on veut se sentir vivants et heureux, profiter des fêtes, des potes, des filles et des mecs. Jouir de la vie, quoi.

Comme dans la chanson de Coldplay *Viva la vida*.

Sarah

Si ce connard de Solal n'avait pas jeté mon Emma, je serais la fille la plus heureuse du lycée. Y a toujours quelqu'un pour vous gâcher la vie. Bon, Emma n'est pas si malheureuse avec ce Virgile aux petits soins pour elle. Elle a un peu pleurniché dans mes bras, mais elle est du genre à se consoler rapidement. On est tombées d'accord. Solal est un gros naze. On ne quitte personne pour réviser ses contrôles. C'est bidon comme excuse. Celle des parents aussi. Comme si à quinze ans on se souciait de ses vieux, pour ce que j'en sais. Soit ils s'entendent bien et il n'y a rien à dire. Soit ils se foutent sur la gueule et il n'y a rien à faire. Je ne connais aucun lycéen à part Solal qui réagirait pareil. On est sûres qu'il ne s'agit pas d'une autre gow. Difficile dans un lycée de mener une double vie. Y a souvent quelqu'un pour balancer l'embrouille, photo à l'appui. Moi, j'ai ma petite idée, mais je n'ai rien dit à Emma. Je tiens trop à elle et je n'ai aucune preuve. Si je ne me trompe pas, Solal n'aimait pas assez Emma pour LE supporter. Là, ça se tient. Je ne suis pas une experte des hommes, loin de là, mais je sais que s'ils s'attachent à vous, ce n'est pas pour se carapater au moindre problème.

Solal n'a jamais apprécié Tom. Il aurait fallu être aussi aveugle qu'Emma pour ne pas s'en rendre compte. J'ai attrapé plusieurs de ses regards qui en disaient long sur ses sentiments envers Tom. C'est simple, je crois qu'il n'en avait aucun. Qu'au moment même où il a posé ses yeux sur le frère d'Emma, il l'a juste atomisé. Et je ne parle pas des fêtes où Tom s'est défoncé. Le mélange d'herbe et d'alcool ne lui réussit pas. Il a beaucoup de chance de s'en sortir. Ce qui ne l'empêche pas de recommencer dès le lendemain. Quant à ses choix, il y a de quoi agacer, c'est clair. Moi, franchement, je m'en fiche. J'aime bien Tom finalement. Lui au moins il sait dépasser carrément ses limites. Je l'envie, moi qui ai si peur de tout.

Et puis s'il préfère les filles ou les garçons, on finira bien par le savoir.

Le principal c'est qu'il se sente bien. C'est parce qu'il est seul qu'il se met en pièces. Nul ne le conseille, à part Emma. Elle est la seule que Tom peut écouter. Je ne suis pas certaine que ça change quoi que ce soit. Quand il sera amoureux, tout sera différent. J'ai hâte de le voir avec une belle brune ou un beau blond. Je n'en ai pas dit un mot à Gaspard. Je pense qu'il s'en fout, et qu'il n'a plus très envie de lui lancer de nouveaux défis depuis qu'on est ensemble.

Je sens bien que l'attitude des meufs aussi a changé à mon égard. Elles m'en veulent d'avoir mis la main sur l'un des plus fêtards du lycée. Des fois, je suis parano. Je passe devant un groupe de gadjis qui s'arrêtent de jacasser et me matent comme si j'étais une voleuse de keums. Plusieurs fois, je me suis fait bousculer par des gourdes qui ne s'excusent pas. Je les insulte. Elles ne se retournent même pas. Je ressens un bref instant ce qu'a dû subir Iris. Mais je m'en cogne. J'ai mon Gaspard rien que pour moi. Et j'aime qu'il me repasse comme une chemise propre. Qu'il me laboure. Que sa langue me lèche de partout. Qu'il m'asseye sur la commode et me règle mon compte après m'avoir dévorée tout entière. Je kiffe quand on dîne ensemble qu'il me prenne la main et me regarde droit dans les yeux. J'ai envie de grimper sur la chaise et de m'allonger sur la table, tout offerte. Les garçons aiment que les meufs soient un peu cochonnes au lit, sans que ça se sache. Pas question de passer pour une biatch. Mais pour les garder, mieux vaut être inventive. Personne ne me l'a jamais raconté, et ce n'est certes pas tante Héloïse qui aurait eu avec moi ce genre de conversation. Une fille le sait. Instinctivement. C'est une défense naturelle. Un manuel intime qui nous dit quoi faire pour conserver nos mecs.

Emma

Tom dit que j'assure. Je ne sais pas. J'ai l'impression qu'on m'a rouée de coups. Tout mon corps est endolori. Personne n'aime être largué. J'éprouve le sentiment que Solal s'est joué de moi. Qu'il n'a pas été sincère. Je me suis noyée dans le bleu de ses yeux. J'ai bu sa bouche, je l'ai laissé venir à moi, en moi, quoi de plus intime ? Alors ses mains sur mes hanches, ses yeux bleus pénétrant les miens, nos corps assoiffés, tout ça n'était qu'un mensonge ? Je n'arrive pas à le croire. Je me perds dans mes contradictions. J'ai beau rembobiner notre histoire, je la trouve vraiment belle. Je l'ai attendu pour m'offrir la première fois. Je lui ai offert ce que j'avais de plus précieux. Je ressens comme un goût amer dans la bouche. Rien ne l'efface. Aucun des repas que j'ai pris depuis ce soir-là. La nourriture me dégoûte. Je me force à grailler, je trie plus que jamais. À sourire. À donner le change quand je suis épiée par tout le lycée. Tout le monde est déjà au courant. Pas besoin des réseaux sociaux cette fois-ci. Je me découvre de nouvelles amies qui m'envoient le même texto : « Si je peux faire quelque chose pour toi. » Oui. Foutez-moi la paix et occupez-vous de vos fesses. Je n'ai besoin que de mes intimes, pas de ces regards contrits, pas de cette pitié à deux balles, parce que chacune d'entre vous s'est fait au moins jeter une fois dans sa vie. On s'en remet. Il faut juste un peu de répit. Et puis j'ai quinze ans, pas l'âge de ma mère. J'ai le temps d'en choper dix comme Solal, en mieux.

Depuis la rupture, je l'évite au maximum. Je ne veux ni lui parler, ni lui montrer que je suis abattue. Je l'ai vu traîner avec Timothée. Il fait plutôt pitié avec ses mains dans les poches de sa doudoune orange, et son bonnet mauve enfoncé jusqu'aux oreilles. Je préfère le voir avec ce gars-là qu'avec une fille qui le consolerait de moi. Et malgré les jours qui passent, pas une seule meuf pour glisser un bras sur son épaule. Virgile, lui, me distrait, mais c'est un peu tôt pour me remettre avec un garçon. Ce qui est plutôt cool, c'est qu'il reste correct. On marche surtout dans Paris après les cours. Parfois on va au cinéma. J'envoie un SMS à ma reum pour lui dire que je ne serai pas là pour dîner. Elle râle, mais comme c'est plutôt rare, elle me pardonne. Je sais que Tom me soutient à la maison, qu'il dit que j'ai besoin de temps.

Maman apprend que j'ai eu ce qu'elle appelle « une amourette » et ne prend pas mon chagrin au sérieux. Elle ne sait rien. Je ne lui en veux pas. Entendre à longueur de journée que rien ne va doit aider à tout relativiser. C'est le métier qu'il me faut plus tard pour ne plus souffrir d'une séparation.

Ce connard de Solal m'a ouverte en deux.

Je me sens désignée du doigt pire que la photo photoshopée. Comme si Solal avait écrit en lettres rouges « jetée » sur mon front. En dehors du lycée, j'ai l'impression que les gens se retournent sur moi avec leurs yeux de beagle. Que je suis le sujet de toutes les conversations au café. Je deviens folle. L'infirmière m'a prescrit un tranquillisant. Je n'en ai rien dit à Sarah, qui roucoule avec Gaspard dès la fin des cours. Quand je me pointe, ça se voit que je dérange. Je suis la pestiférée du bahut. La fille au chagrin qui oblige chaque lycéen à prendre une mine de circonstance. Seuls Tom et Virgile se comportent normalement.

Mon reuf me supplie de baiser avec Virgile. Il dit que ça me fera le plus grand bien par où ça passe. Qu'est-ce qu'il en sait ?

Du temps de Chloé et Sarah, je sais qu'elles m'auraient dit : « Rien ne vaut la teub. » Mais cette salope de Chloé n'est plus là. Heureusement, elle aurait mis le grappin sur Solal, et j'aurais détesté ça. Et même si je pense que Tom a raison, je veux réfléchir. Si ce n'est pas Virgile ce sera un autre. Ce n'est pas mal de vouloir profiter de certaines situations. J'ai un vrai chevalier servant. Il est prêt à tout pour me rendre le sourire. Je sais aussi qu'il espère bien me récupérer. Rien n'est totalement gratuit dans la vie. Je veux laisser passer quelques semaines et plusieurs fêtes avant de me décider. Rien ne presse.

Tom

Je suis arrivé trop tôt à la soirée de Marlone. J'ai grillé quelques clopes sur le trottoir, bu une bière au café d'en face, attendu qu'une bonne vingtaine d'invités disparaissent derrière la porte codée. Quand j'ai sonné, c'est Marlone qui m'a ouvert. Son visage s'est aussitôt éclairé. Il m'a embrassé sur les joues en me disant combien il était content de me voir.

Ouais. C'est ce qu'il a dit ensuite à une bonne dizaine d'autres invités.

L'appartement est stylé, parquet au sol, grandes fenêtres ouvertes pour cloper, musique hyper-forte pour s'éclater. Je suis heureux de ne pas faire le DJ, j'ai bien l'intention de m'amuser ce soir. J'ai repéré quelques filles canon et pas mal de beaux mecs. Je me sens libre. Je ne connais personne. Le simple fait qu'Aaron ne soit pas là change tout. Je peux me comporter comme un salaud, ça ne regarde que moi. Je découvre l'appart. On peut danser dans plusieurs pièces. Les deux chambres sont encore inoccupées, à part quelques blousons qui traînent sur les lits.

Marlone apparaît dans mon dos et, la main sur mon épaule, me demande si j'aime fumer. Je me retourne.

Mon visage souriant doit suffire. Marlone m'entraîne dans une chambre et ferme la porte derrière nous. J'en profite pour demander des nouvelles de Felicia. À sa tête, je vois que j'aurais pu tout aussi bien me taire. Il balance qu'elle va bien et qu'elle a encore besoin de repos. Il termine de rouler le joint et on le fume tous les deux à la fenêtre. Il me dit que plus tard, si je suis sage, il y aura mieux, sans dire quoi. Je réponds que je suis partant et j'aspire le plus longtemps possible sur le cône en toussant comme un boloss. Vu ce qui entre en moi, je comprends tout de suite que c'est de la bonne et que je risque d'être foncedé* assez vite. Des planches de surf s'alignent sur le tee-shirt de Marlone. Je mate l'épaisseur de ses bras et ce que je devine de son torse bien foutu. Marlone me tend son verre, je bois dedans. Vodka pure. Je me retourne, dos à la fenêtre, pour finir son verre. La musique nous parvient comme étouffée.

J'ai envie de retourner à la fête. Je le dis à Marlone qui murmure « Oui, bien sûr » avant de me mater bizarre. Je ne suis pas assez raide pour tenter quoi que ce soit ici. Marlone n'est pas vraiment mon genre, si j'en ai réellement un. Trop de poils pour moi. Pas envie de m'en coincer entre les dents ce soir. Une fois la porte franchie, je me dirige vers une des pièces où on peut danser, et je me déhanche à péter les coutures de mon pantalon. J'attrape un verre sur un des plateaux qui circulent et je l'avale cul sec. Je mélange vin rouge et alcools forts. Je m'en rince*. Autant gerber sur ces beaux parquets bruns, ces murs blancs impeccables, ces dessus-de-lit molletonnés. Tout est archiclasse ici. Un gars se pointe et me sourit. Je l'ai remarqué, plus tôt, du café où je buvais une bière. Châtain aux cheveux courts, bien sapé, propre sur lui. La vingtaine. Il boit pas mal. Il cherche ma pupille, me sourit souvent. Je suis bien élevé quand je veux. Je me présente. Lui, c'est Julian. On prend un nouveau verre et on continue de danser, plus rapprochés, avec le sang qui se met à battre comme les basses de la musique. Je commence à me sentir déchiré*, mais encore lucide. J'ai remarqué la chevalière à son doigt. Il ne me quitte plus des yeux.

On décide de s'asseoir autour d'une bouteille de champagne. Julian a abandonné ses études pour un poste de courtier. Il a connu Marlone un été à Majorque. Il dit aussi qu'il aime la fête et les garçons comme moi. Comme moi quoi, je ne sais pas. Je suis trop bourré pour le lui demander. On se tape des barres. Julian fait signe à Marlone qui semble chercher quelqu'un. Quand il me reconnaît, Marlone paraît soulagé et je réalise qu'il s'agissait de moi. Il nous invite tous les deux à passer aux choses sérieuses. Julian rit. Je me dis à ce moment-là que je ne vais pas rester lucide très longtemps. De toute façon, je suis venu pour ça. Pour être khabta*.

Marlone

J'ai repéré sa belle gueule à la fête de Felicia. Mais impossible de lui parler, trop entouré pour le ferrer. J'ai pu le raccompagner et le mater sur le trajet du retour. Je ne suis pas mauvais en approche, mais il me faut un peu de temps. J'ai la chance d'être motorisé, ça aide. Un bel appart, et le fric qui va avec, car la came coûte cher. Je les préfère à cet âge, ils sont malléables, souvent dociles, je peux en faire ce que bon me semble. Je prends, je jette, j'ai aucun scrupule. Je ne cherche pas une histoire, juste un plan cul et rien de plus. J'ai cru qu'avec Tom un joint suffirait, mais il est coriace, ce garçon. Un vrai dur. En plus, il est venu seul, sans son boyfriend. C'est évident qu'il aime ça. Avec Julian et Tom, on a pris de la coke. Des rails bien alignés sur un carton à chapeau. Tassés par ma carte de crédit. Aspirés avec un billet de cinq cents euros. Puis on s'est occupés de lui avec Julian. On n'a eu aucun mal à le déshabiller à la quatrième ligne de coke. Julian est allé fermer la porte à clé et on a hissé Tom sur le lit. Julian l'a embrassé longuement et moi je me suis chargé de lui retirer la seule chose qu'il restait sur lui, ses chaussettes. C'est un tue-l'amour, un mec à poil en chaussettes. Il a levé la tête une fois ou deux et m'a regardé, puis sa tête est retombée sur le lit. Je me suis dit qu'il était trop défoncé pour qu'on puisse en tirer quoi que ce soit. C'est comme baiser un cadavre, ça m'intéresse pas.

À cet âge-là, ils sont incroyablement actifs quand ils ne sont pas à l'envers trop tôt. Dommage. Puis Tom s'est mis à trembler et à secouer la tête de droite à gauche, tandis que sa bouche crachait un épais filet de bave. Julian se tenait assis sur le lit, ne sachant pas quoi faire. J'ai pensé qu'il allait crever et que je finirais mes jours en taule. Ça m'a refroidi. J'ai remonté mon pantalon, crié à Julian d'aller rejoindre les invités. Je n'avais pas besoin d'un petit pleurnichard pour trouver une solution. Une fois seul, j'ai pris le pouls de Tom. Il battait. Ce salopard n'était pas mort. Et puis je me suis souvenu d'un film. *Trouble*. Tom venait d'avoir une crise d'épilepsie, ou un truc dans le genre. Je me sentais mieux. Je l'ai rhabillé, j'ai reboutonné sa chemise, noué les lacets de ses baskets. J'ai appelé le Samu en expliquant qu'un de mes invités venait de faire une crise d'épilepsie et qu'il fallait venir le récupérer urgemment. J'ai assis Tom sur une chaise le temps de tirer un peu la couverture et d'ôter tous les blousons, puis je l'ai recouché en veillant à ce que sa tête repose bien sur les oreillers. Je suis même allé sermonner Julian, pour qu'il ferme sa gueule et ne parle à personne de Tom. J'ai glissé quelques billets de cinq cents euros dans sa poche, ça peut toujours dépanner. Le Samu s'est pointé juste après. Ils ont récupéré Tom et malgré l'ambiance, on a pu reprendre la soirée comme si de rien n'était.

De toute façon Tom ne se souviendra de rien. Il avait trop bu, trop fumé, pris trop de coke pour une première fois. Je ne risquais rien.

J'ai demandé à Julian de revenir dans cette chambre. Après tout rien ne m'empêchait de me le taper encore une fois. Il restait de la coke, du champagne au frais, une façon comme une autre de passer du bon temps. Julian m'a rejoint dans la chambre en prenant soin de fermer la porte à clé derrière lui. Il s'est approché de moi en se caressant l'entrejambe. J'en salivais déjà. Puis il m'a jeté les billets de cinq cents euros à la gueule en braillant qu'il n'avait rien d'une pute. J'ai eu le malheur de lui dire que c'était ainsi qu'on rémunérait ici les garçons qui participaient à des partouzes. J'ai vu son visage rougir et j'ai cru une seconde qu'il était choqué par mes propos. Le rouge s'est intensifié, et ses bras se sont raidis quand il a attrapé la bouteille de champagne.

Emma

Tom n'est pas rentré de la nuit. Il n'a jamais fait ça. Je l'ai vu grimper les marches à quatre pattes. Je sais aussi qu'il monte parfois sur les barreaux de mon échelle pour traverser ma chambre comme un boulet de canon. Pour les comas, on a eu de la chance. Les deux fois où ça s'est passé, les parents n'étaient pas là. Au bout de quelques heures, Tom a fini par se réveiller, sans qu'on ait besoin d'appeler le Samu. Plusieurs d'entre nous ont appris les gestes en cas de crise. C'est utile et pas compliqué. Mais disparaître comme ça, non.

Au matin, quand il a fallu se rendre à l'évidence, toute la famille s'est affolée. Je savais juste qu'il avait rejoint Marlone, le frère de Felicia. Mais je n'avais aucune idée de l'adresse, ni aucun numéro de téléphone. Je ne savais même pas dans quel hôpital Felicia avait échoué. J'ai pu joindre Aaron et tout ce que j'ai réussi à faire, c'est à affoler une personne de plus. Aaron n'avait pas eu de nouvelles de Tom depuis hier soir, juste avant qu'il ne se rende à la fête.

C'est papa qui a pris la décision d'appeler tous les hôpitaux de Paris. Maman se rongeait les ongles, ce qu'elle fait systématiquement quand quelque chose ne va pas. On ne peut pas dire que ça aide beaucoup. Au dixième appel, il l'a trouvé ; il avait été admis en urgence à Cochin dans la nuit. Tout allait bien, mais le médecin voulait parler avec mon père. Maman a jugé qu'elle ne serait d'aucune utilité à l'hôpital et m'a laissée partir avec papa.

Pendant le trajet, il n'a rien dit. Moi non plus. J'imaginais une bagarre qui avait mal tourné, ou une mauvaise chute de Tom en quittant la soirée. Je m'accrochais au « tout va bien » du médecin. Mais quand on est admis aux urgences d'un hôpital, ça va rarement bien.

On a maudit la femme à l'accueil perdue dans ses papiers, incapable de nous indiquer la chambre où mon reuf se reposait, jusqu'à ce qu'une autre se pointe, plus vive, qui nous a aussitôt orientés dans la bonne direction.

Tom semblait un peu pâle à mon goût mais heureux de nous voir. Il ne se souvenait absolument de rien. Papa a vu le médecin sans moi, et j'en ai profité pour cuisiner Tom. Mon frère m'a confirmé que c'était le trou noir, comme si la soirée entière n'avait pas eu lieu. J'ai pensé qu'il avait dû prendre des trucs forts et tiser comme un trou pour ne se souvenir de rien, mais j'ai gardé ça pour moi. Quelque chose clochait. Notre père est apparu sur le seuil de la chambre, se grattant le menton, signe chez lui de contrariété.

« Tom, je viens de parler avec le médecin. Tu as eu une crise d'épilepsie partielle. Mais le toubib dit que ce n'est pas grave à ton âge.

– Je ne sais même pas ce que c'est, papa. On peut rentrer à la maison maintenant ?

– Ils veulent te faire encore quelques examens. Je passerai te prendre en fin d'après-midi. »

Tom a eu l'air déçu. Moi aussi j'aurais aimé quitter cet endroit sinistre sans attendre. Je suis trop heureuse de savoir que rien de grave n'est arrivé à Tom. Pourtant quelque chose me dit qu'il nous dissimule la vérité. Je connais mon reuf. Bourré, il se souvient de presque tout. Comment peut-il oublier une soirée entière ? Je suppose qu'avec un peu de repos, il va se rappeler des moments qui m'aideront à mieux comprendre ce qui s'est réellement passé. Je ne sais pas pourquoi, mais je suis certaine que cette fois-ci c'est bien plus grave qu'une simple baston. Avec un peu de recherche, ça ne doit pas être difficile de trouver le numéro de Felicia. Après tout elle est en terminale, on y connaît d'autres lycéens. Solal par exemple. Et par elle, je pourrai récupérer le portable de son frère. Plutôt sympa de nous avoir raccompagnés de la porte de Bagnolet. Je me rends compte d'ailleurs que je ne lui ai pas adressé la parole, à ce Marlone. J'étais coincée à l'arrière avec Aaron, son nez qui virait au violet, et Tom avec sa bouche de lapin édenté. Solal avait pris la place du mort, à l'avant. Dans le rétroviseur le regard de Marlone semblait parfois chercher celui de Tom. Je me suis peut-être trompée. Après tout il aurait pu tout aussi bien fixer la route derrière nous.

Léon

Grâce à ma passion de l'informatique, j'ai rencontré un monde fou. Je me sers, notamment, de l'overclocking, qui permet d'améliorer les performances des ordis. Ainsi que de l'ingénierie sociale. Ça consiste à manipuler des personnes tierces pour obtenir des infos sur la future victime, à condition que tout reste de l'ordre d'une plaisanterie. Je peux pirater grâce à ce stratagème n'importe quel compte sur Facebook, Instagram ou Twitter. Faire apparaître, par exemple, une sonnerie douteuse sur le portable d'un prof en plein cours. Et surtout je peux augmenter le nombre de followers sur les réseaux sociaux en les achetant auprès d'une société étrangère.

Plein de gens me connaissent et m'appellent par mon prénom. Le leur ne me dit rien. Moi le moche, format pot à tabac, je suis entré dans des maisons immenses et des appartements dans lesquels j'ai aucune chance de vivre un jour. Avec des originaux de Picasso, des moquettes épaisses ça comme. Des piles de beaux livres jamais lus sur les tables basses et des bougies ultra-parfumées qui sentent la rose ou le patchouli.

Mais je sais profiter de ces instants où l'on me reçoit comme Justin Bieber. Je réclame une bière et des crackers, puis des Chupa au Coca, j'en suis dingue.

Je reste modeste en tout.

Mes devis ont juste grimpé en flèche depuis que je dois me déplacer dans les quartiers les plus chics de Paris et que je suis autant demandé. Je songe à quitter le lycée, mais oncle Charles n'est pas d'accord. Il aimerait que j'aie au moins mon bac. Alors je ne compte plus les heures supplémentaires. Je réclame des chauffeurs aux clients les plus blindés.

Je n'ai plus de temps à consacrer à mes amis et je le regrette. En tout cas, mon canapé est disponible si Timothée, Mohamed ou Aaron veulent l'utiliser. Je leur ai offert un double des clés. Ils ne sont pas les seuls, d'ailleurs.

J'ai fait quelques améliorations chez moi. Un écran plasma. Un home cinéma. Des photographies en noir et blanc de Brassaï que j'ai encadrées sur les murs. Des repros, hein, je ne suis pas pété de tunes, non plus.

Je me sens revivre grâce à mes doigts experts.

Mais je suis toujours désespérément aussi laid. Mes mains en or ne peuvent rien améliorer. Je suis retourné voir un énième dermato qui a parlé de stress et de pollution. Je me barbouille de ses crèmes, au moins les croûtes se voient moins. Et je porte un foulard jour et soir pour dissimuler celles de mon cou. Je sais qu'une opération pourrait, a priori, les faire disparaître. Mais cette opération pour l'instant m'est inaccessible. Oncle Charles a lu ça sur Internet. Il faudrait aller aux États-Unis et y rester une semaine. Sans compter le coût de la chirurgie. Je ne dépense pas toute la moula* que je gagne. J'en donne une grande partie à oncle Charles pour qui la Bourse n'a aucun secret. Il dit que ça pourrait finir par me rapporter gros. Si c'est le cas, nous irons ensemble aux États-Unis. Je ne compte pas y aller seul. Tout est grand là-bas. Sans oncle Charles je finirai par me perdre et ne jamais trouver la clinique. Et avec ma laideur, personne ne me renseignera.

C'est un peu mon rêve à moi, un jour, d'être si beau que même les chiens en laisse se retourneront.

Hier, j'ai eu un appel de Julian. Je l'aime bien, ce garçon. À l'aise en tout. La chevalière à l'annulaire. C'est fou d'ailleurs comme la plupart des enfants riches sont à ce point paumés et font vraiment n'importe quoi de leurs nuits. Comme utiliser mon canapé pour ne pas avoir à rentrer chez lui au petit matin. Il a les moyens de s'offrir une chambre d'hôtel, mais il préfère mon canapé. Ma laideur ne le rebute pas, je dirais qu'elle le fascine, sans aucune moquerie. Une fois, il a voulu toucher mes croûtes. Personne ne s'en était soucié avant lui. J'ai dit oui. J'ai senti ses doigts parcourir mes cratères sur le sommet de mon crâne et se glisser sous mon foulard que j'ai retiré. Un mec bien. J'aurais préféré que ce soit une fille qui s'en empare, mais je ne vais pas commencer à faire le difficile. Je l'ai laissé recommencer plusieurs fois. Je l'ai connu par l'ami d'un ami, pour lui ajouter des followers. Je crois qu'il n'en a pas loin de cinq cent mille aujourd'hui.

J'avoue que son appel m'a effrayé. Comme il pleurait je ne comprenais qu'un mot sur deux. Il ne savait pas où aller. Je lui ai rappelé qu'il avait une clé pour entrer chez moi, et qu'il pouvait s'en servir quand bon lui semblait. Je l'ai supplié de se calmer et de me dire ce qui n'allait pas.

« Il y a une solution à tout, Julian. On la trouvera ensemble.
– Je ne pense pas, m'a-t-il répondu dans un sanglot. Je crois que j'ai tué Marlone. »

Tom

J'ai menti à Emma.

Et aux parents, mais ça, c'est une habitude. Pourtant mon père n'a pas l'air dupe. Quand il m'a ramené de l'hôpital, il m'a regardé bizarrement en me disant qu'on devait parler, mais il n'a rien dit. Il a remis ça à plus tard.

Je n'ai pas eu un trou noir comme je le répète aussi à mes potes, Gaspard et Timothée. Seul Aaron est au courant. Je ne sais pas pourquoi je me suis confié à lui. Disons qu'il m'inspire confiance et qu'on a partagé pas mal de choses ces derniers temps. J'ai une bonne partie de la soirée en mémoire. Je n'ai pas oublié le joint à la fenêtre avec Marlone et sa façon de me mater. J'ai dit à Aaron que je n'avais pas aimé ce regard-là, qui m'avait mis très mal à l'aise. Comme si ce type n'avait rien bouffé depuis des semaines et que j'avais tout d'une dinde farcie. Je me rappelle aussi les verres que j'attrapais sur les plateaux des serveurs et tout cet alcool que j'ai bu avant de rencontrer Julian. Je me souviens d'avoir dansé avec lui et de ses yeux sur moi. Aaron m'a répondu sèchement que tous les garçons de la terre n'en voulaient pas forcément à mon petit corps de bourge, et je n'ai pas insisté. Pas besoin de détailler cet épisode à Aaron, ce n'était pas très malin de ma part. Et c'est là où Marlone réapparaît et que les choses se compliquent. Je sais qu'on l'a tous les deux suivi dans une des chambres de l'appartement. Et surtout pourquoi j'ai tout oublié à partir de là ? Je n'arrive pas à reconstituer ce que nous avons fait dans cette chambre fermée à clé. Je ne suis pas stupide. J'ai dû servir d'appât. Peut-être même que j'ai bu par mégarde un verre dans lequel Marlone avait jeté du GHB. La hantise des lycéennes surtout. De leurs parents. Et de moi maintenant. Mais à l'hôpital, les médecins s'en seraient rendu compte. J'ai réalisé des analyses de sang et toutes sortes d'examens. Si j'avais été violé, le mot est dit, je le saurais. Mon corps le saurait. Ma tête s'en souviendrait. Je garde la chambre verrouillée pour moi. Je n'ai rien avoué à Aaron. Une intuition. Tant que je ne saurai pas exactement ce qui s'est passé, je fermerai ma gueule.

Je n'ai qu'à rendre visite à Marlone. Ce n'est pas bien compliqué. Je me sentirai plus en sécurité si je retourne avenue de Ségur avec Aaron. On s'abstiendra bien de boire quoi que ce soit. Et ce chimpanzé ne m'intimide en rien. Pas besoin d'une batte de base-ball ou d'une arme qu'on pourrait trouver facilement en se démerdant un peu. Ça pourrait mal tourner, un moment d'inattention, et je n'ai aucune envie de fréquenter les tribunaux de Paris. En plus, je ne sais pas me servir d'une arme, et je ne crois pas qu'Aaron le sache non plus. On n'a pas le temps d'apprendre d'ici là. Ça presse trop. Je veux savoir ce que ce macaque m'a fait. On pourrait tout aussi bien y aller avec Gaspard et Timothée, mais ça ressemble un peu à un commando, et Marlone pourrait prendre peur et se taire. Je n'ai aucune envie du métro à cette heure-là. En plus, il pleut, c'est trop galère.

J'appelle un Uber sur mon portable. Le chauffeur nous observe dans son rétroviseur. Je pense à Marlone qui m'a maté quand nous sommes rentrés de la fête, ma dent en moins, la cuisse d'Aaron contre moi. Tout ça, c'est ma faute. Je ne suis qu'un petit allumeur qui n'a pas conscience des incendies qu'il provoque. Je mets le feu et je fais trois pas en arrière. Je ne sais pas ce que je veux. J'ai peur de me laisser aller. J'ai la trouille de baiser, d'aimer surtout. La voiture nous dépose devant le café, face à l'immeuble où vit Marlone. Aaron et moi rabattons nos capuches de sweat. Le ciel pisse comme s'il avait bu des tonneaux de bière. J'ai gardé le code de l'immeuble sur mon portable. La gardienne nous épie derrière le rideau de sa loge et sort sur son palier.

« Vous allez où comme ça ?

– Chez Marlone, je réponds. J'ai oublié mon sac à dos, à sa fête, l'autre nuit.

– Je ne crois pas, souffle la gardienne.

– Pardon ?

– Je veux dire, vous ne pouvez pas monter. La porte est scellée. Il faudra réclamer votre sac à la police.

– Mais pourquoi la porte est scellée madame ? demande Aaron.

– Pardi ! Parce que M. de Prado a été assassiné ! »

Aaron se tourne vers moi. J'ai les jambes qui tremblent. J'ai besoin de m'asseoir. Je ne me souviens de rien. Aaron m'entraîne dehors sous la pluie. On en oublie nos capuches. On descend l'avenue sans un mot. Aaron me fait entrer dans une brasserie. On s'assoit au fond de la salle. Je continue de trembler. Je ne sais pas si j'ai chopé la crève ou si je me refuse à l'évidence.

J'ai buté le chimpanzé.

Aaron

Après des mois de recherches, j'ai trouvé le profil de Lucas sur Facebook. Par contre rien sur Instagram, ni Snapchat. Lucas Fourcade. Un hasard. Des centaines de Lucas plus tard et sa tronche que j'ai reconnue aussitôt. Peu de photos, des commentaires datant de l'année précédente. Lucas caché derrière des lunettes de soleil dans une station de ski. Sa tête disparaissant sous un bonnet à rayures bleues et blanches. Son beau sourire me fichant le bourdon.

Après tout ce que j'ai vécu avec lui, je l'ai demandé en ami.

Lucas m'a accepté quelques heures plus tard. Je m'attendais à un mot sur Messenger, mais rien. Alors j'ai écrit que je vivais maintenant à Paris depuis que mes parents avaient divorcé, mais que j'aimerais le revoir. J'ai envoyé, fébrile, et j'ai attendu sa réponse comme un con, le portable figé entre mes doigts. Elle n'est apparue que le lendemain matin, laconique et cruelle. Lucas s'était marié après mon départ. Il avait enterré sa vie de garçon avec moi et ne regrettait en rien notre fin d'après-midi passée ensemble. Béryl, sa femme, étant jalouse, il lui semblait impossible qu'on se revoie.

Il avait renoncé aux petits gars comme moi ramassés sur la plage ou ailleurs. En plus, il allait être papa. Il me souhaitait d'être heureux.

Des petits gars comme moi ramassés sur la plage ou ailleurs ?

Mais combien ? Des dizaines, des centaines ? Des petits mecs qu'on nique et qu'on jette comme un Kleenex ? Je me suis précipité dans la salle de bains et j'ai juste eu le temps de soulever la lunette avant de gerber mon petit-déjeuner. Je me suis assis entre la cuvette et la baignoire, et j'ai pleuré de longues minutes en silence, me rappelant les cris et les disputes des parents. Pas question de sortir de chez moi. Les rues de Paris ne sont pas faites pour hurler et se libérer. Il n'y a pas assez de vent, rarement des tempêtes et encore moins la mer. Je serais bien monté dans un train pour Canet, juste pour m'époumoner sur la grève.

Mon téléphone a vibré. Tom. Je n'ai pas eu envie de décrocher. Il ignore tout de Lucas. Une petite icône m'a rappelé l'appel manqué. Mais pas de message. Tom n'en laisse jamais. Il me veut toujours dans l'instant. Il rappelle plusieurs fois. Je finis par décrocher. Il me demande de venir avec lui chez Marlone pour découvrir ce qui s'est passé cette nuit-là. Il pense qu'il a bu du GHB et que, peut-être, Marlone a abusé de lui.

Je dois lui parler de l'appel de Léon.

Mais je réfléchis trop à Lucas Fourcade, à ce petit gars ramassé sur la plage qui l'a aidé à enterrer sa vie de garçon. À ce petit merdeux, moi, qui a embelli le souvenir de la première fois. À ce verre de whisky que j'ai avalé cul sec pour me désinhiber, accepter ses baisers sauvages sous lesquels j'ai pensé plus d'une fois mourir étouffé. J'ai cru naïvement que je provoquais ce désir en lui, tout comme lui me rendait à sa merci. Mais ce n'était qu'une répétition de petits cons comme moi ramassés sur la plage ou je ne sais où pour enterrer sa vie de garçon. Au Pam-Pam, sans doute. Au Monkey Club, cette discothèque de l'avenue qui porte bien son nom, Canigou. Des petits culs à mater avant de les défoncer. Moi, parmi tous ces coups d'une fois, un parmi tant d'autres. La voilà, ma belle histoire d'amour. Oui, j'aurais dû parler de l'appel de Léon à Tom. Mais j'ai attendu qu'on s'installe au fond de cette brasserie avenue de Ségur, avec nos deux chocolats chauds, et j'ai relevé la tête de Tom qui tombait sur sa poitrine.

« Il n'y a pas eu de GHB, et tu n'as pas tué Marlone. »

Tom me fixe, étonné, presque soulagé.

« Comment peux-tu savoir ça ?
– Parce que Julian a tout raconté. Personne n'a abusé de toi. Tu as pris de la cocaïne ce soir-là. Et c'est Julian qui a défoncé le crâne de Marlone, pas toi. »

Le sang se retire du visage de Tom.

« Tu connais Julian ?
– Moi non, mais Léon oui. Julian s'est installé chez lui, il t'attend. Si tu veux on y va ensemble. »

Julian

Si mes parents n'avaient pas autant voyagé, peut-être que ma vie aurait été différente. En même temps, je ne leur en veux pas. Je suis libre. J'habite plus ou moins dans un de leurs appartements et je fais ce que je veux de ma vie. Le résultat n'est pas top. J'en ai rencontré, des Marlone qui ont changé mon existence. Et pas toujours pour le meilleur.

Au début j'ai vécu ça comme un jeu. J'ai beaucoup vagabondé grâce à Gabin, mon premier Marlone. Le week-end surtout, pour tenir la cadence du lycée. Berlin, Hambourg et Munich. Des petits vieux qui m'attendaient dans des chambres d'hôtel. Rien de bien méchant. Je devais leur tenir compagnie, partager leur repas, dormir avec eux. Les premières fois, j'ai bu plusieurs verres de vin rouge pour embrasser ces momies. J'éteignais les lumières, me glissais dans leur lit et, avant de leur sucer la tronche, les premières fois, je retenais ma respiration. J'étais bien payé pour ces escapades. Cela me permettait, avec l'argent de poche des parents, de m'offrir la belle vie. Je prenais des taxis pour aller au lycée. Et dans les fêtes je pouvais offrir souvent des tournées générales. Gabin m'a envoyé dans une de ces fêtes parisiennes où le tarif est double, mais pour dix fois le prix, j'ai refusé d'y retourner. La première avait mal tourné. Le client était trop violent à mon goût, pas question d'accepter ses baffes pour vivre comme Jay-Z. Du flouze, j'en avais de toute façon. Gabin m'a jeté, et je n'en avais rien à foutre.

Des gars comme lui, on en trouve dans tous les clubs branchés.

Sacha a été mon mentor. Si je n'avais pas découvert la cocaïne peut-être que rien de tout ça n'aurait eu lieu. Je n'aurais pas tué Marlone. Il faut dire que j'aime ça, la dope. Plus que tout. Plus que le sexe. Je me sens invincible. Je danse comme un Dieu. Je me lie avec n'importe qui. J'ai le verbe facile, tout me paraît évident. Je souris sur commande, je ris des bonnes blagues. Mon physique aristo fait le reste. Ils viennent tous à moi ou presque. Sacha m'a envoyé au Portugal, à Venise, à New York. Mes notes s'en ressentaient au lycée, je passais largement sous la moyenne. Je buvais moins mais abusais de la drogue dans tous ces voyages. Je me fichais bien de ce que mon corps endurait, à la seule condition que je ne sois pas battu. J'avais prévenu Sacha. Mais dans ces soirées, c'est comme ça, tout dérape, et il faut savoir sauver sa peau. J'en ai assommé plus d'un, chaque fois sans gravité. Sacha me couvrait, je retournais au lycée. Je ne prenais aucune drogue et ne picolais pas en semaine. Je révisais mes exams comme n'importe quel lycéen. Mes notes ont largement dépassé la moyenne, et j'ai réussi tous mes contrôles en annulant un mois de contrat. Ce qui n'a pas du tout plu à Sacha, qui m'a rayé de ses listes.

Après mon bac, les mentors se sont succédé, Soan et ses soirées masquées au Vésinet, Estéban et ses parties fines dans les sous-sols de Londres, Axel et ses afters dans les hauteurs de Nice. J'ai laissé tomber les études. Je me suis inventé un job de courtier pour avoir la paix. C'est là que j'ai rencontré Marlone. Un voyage à Majorque. Je savais bien que ma règle interdisait de coucher avec mes mentors. Mais je n'ai jamais eu beaucoup de principes, sinon celui de ne pas être battu. Marlone était un bon amant, mais il lui en fallait toujours plus. Plus d'alcool, plus de coke, plus de mecs. Ça use vite. J'avais tout de l'escort-boy le mieux payé de Paris, mais le prix me semblait lourd en retour. À mes potes je disais que l'argent venait de mes parents, personne n'a mis ma parole en doute. J'étais le bon fils de famille friqué un peu décadent.

Quand Marlone a battu l'un de ses amants, lui pétant la mâchoire, je lui ai demandé d'aller se faire soigner. Mais rien ne semblait l'atteindre. Je l'ai vu user de GHB avec de jeunes recrues. D'autres lycéens ont rejoint les urgences à l'hôpital.

Quand il s'est amouraché de ce Tom, j'ai pensé qu'il allait lui bousiller la vie. Ce petit gars, visiblement, ne cherchait qu'à s'amuser. Rien de plus. J'ai même vu qu'il était puceau, à ses attitudes un peu gauches. Marlone n'en aurait fait qu'une bouchée. Tom me plaisait. Je ne voulais pas qu'il lui arrive quoi que ce soit. Marlone, une fois de plus, dépassait les bornes.

Après le départ de Tom, je suis retourné voir Marlone. Je sais ce qu'il attendait de moi. Je n'ai pas du tout apprécié cette liasse de cinq cents euros qu'il m'a glissée dans la poche. Je la lui ai jetée au visage. Je suis un escort-boy, pas une pute. Je n'ai pas réfléchi. J'ai saisi le magnum de champagne et je l'ai frappé à la tête de toutes mes forces, juste au-dessus de l'oreille. J'ai essuyé ensuite mes empreintes sur la bouteille et un peu partout dans cette chambre. Puis je l'ai laissé croupir dans son sang et suis retourné à la fête pour dire qu'une plainte nous obligeait à tout arrêter sur-le-champ. Et je suis parti avec les fêtards, laissant Marlone dans sa chambre, sans appeler ni le Samu ni la police.

Emma

Je ne m'attendais pas à ce que ça barde autant à la maison. Quand nous sommes rentrés du lycée, Tom et moi, les parents nous attendaient sur le canapé du salon. Ce n'était pas bon signe. La dernière fois c'était à propos d'Iris, ils voulaient tout savoir de cette histoire.

« Ce n'est pas tous les jours qu'une fille se pend, harcelée par tous les élèves d'un lycée : le vôtre. »

Aussi compliqué que d'expliquer aux parents la force des réseaux sociaux. Eux, ils en sont restés à Facebook, c'est dire. Le truc ringard. Nous, on vit littéralement avec. On se parle entre nous si facilement. On raccourcit les mots pour les ramener à l'essentiel. On est des drogués des réseaux sociaux. On fume Instagram. On sniffe Snapchat. Toute notre vie apparaît en images et en commentaires. Mais si on en abuse, c'est comme le crack ou l'héroïne, pour ce que j'en sais, ça nous retombe sur la gueule. Nul ne sait en user modérément. Nous les ados, on n'a rien de modéré. On crache sur les putes et sur leur mère qui ont mal élevé leur fille. On leur tourne le dos pour ne pas les gifler, on s'emballe pour toutes les fois où l'on est plaquées à cause de bitchs comme elles. Ça tient à la manière dont elles s'habillent, longues bottes et ras la touffe, quand elles se penchent on reconnaît aussitôt la marque de leur petite culotte, et le tee-shirt échancré qui découvre une épaule ou la moitié d'un nichon sans soutien-gorge. Les garçons, eux, ne voient pas le mal. Il suffit de mater leurs yeux bien écarquillés, le sourire en coin, et leurs mains moites qui plongeraient bien dans le tee-shirt déjà déformé. Le problème des filles faciles, c'est qu'elles se font larguer très vite. Aucun gars n'a envie à quinze ans de s'afficher avec une pute. Ce n'est pas du tout stylé. Et puis la meuf qui mate tous leurs copains, ça craint.

Je regrette vraiment qu'Iris se soit pendue. Parce que ça prouve que c'était plutôt quelqu'un de bien, et ça, personne ne s'en est rendu compte avant. Aucun d'entre nous n'avait eu connaissance de sa vie. Peut-être même qu'elle avait vécu quelque chose d'horrible qui expliquait tout, et qu'on ne saura probablement jamais. On paraissait toutes excitées, on n'aurait pas imaginé une fin pareille. J'ai eu l'impression, et je n'étais pas la seule, d'avoir été battue à mort quand on a su qu'elle s'était pendue.

Mais pour Chloé, je n'ai aucun doute, cette meuf-là n'est pas du genre à en faire autant. Ça laisserait trop de marques sur sa jolie nuque. Je ne suis pas près de passer par la Défense pour lui demander comment ça va. J'en ai rien à foutre. De toute façon, elle a gagné, Solal m'a larguée.

Maman m'a envoyé illico dans ma chambre. Katouta m'a suivie, la queue basse. La conversation ne nous concernait pas. J'ai regardé Tom, qui a levé les bras en signe d'impuissance, lui non plus ne comprenait rien. Je me suis dit qu'il n'y avait aucune chance qu'ils soient au courant de la soirée chez Marlone. Personne n'y était à part Tom. Personne qui aurait cafté et que les parents connaissent. Tom est sûr de lui, que des têtes nouvelles à cette soirée.

Une fois sur mon lit, j'ai bien entendu que le ton montait, mais je n'ai pas pu distinguer un seul mot. Puis j'ai pensé à ce que j'endurais au lycée avec Virgile et surtout Solal, qui s'affichait avec sa nouvelle copine, une meuf de terminale dans sa classe que j'avais rencontrée et snobée à la fête de Bagnolet. Romane. Une brune sportive, tout en jambes, avec un béret sur sa longue chevelure. Le genre de fille qu'on n'a pas envie d'avoir pour copine, trop parfaite, rien que dans sa façon de marcher ou de se déhancher, de balancer ses bras, ou de planter son regard plus noir que la nuit dans le vôtre. En plus, ils se tiennent par la main, histoire de bien montrer à l'école qu'ils sont ensemble et que la petite Emma n'est plus qu'un tronc d'arbre dans une forêt. Et quand il m'arrive de les apercevoir, j'entends un rire qui me transperce et me fait mal, à croire qu'ils le font exprès. Je ne suis rien, un atome dans l'univers. Solal ne me calcule plus, pas un signe, pas un bonjour, je suis devenue invisible. Et pas question de le frapper sur l'épaule et de lui dire que j'existe, j'ai ma fierté.

Tom

J'ai l'impression d'être au tribunal. Mes parents me fixent tous deux avec une sévérité que je ne leur connais pas. Je n'ai aucun souvenir qu'ils m'aient maté ainsi, avec autant de colère. Je me demande lequel des deux va lancer le scud, même si j'ai déjà une intuition.

« Tom, dit doucement maman, tu nous déçois beaucoup. »

Ça commence. J'en étais sûr. Je ne dis rien, j'attends la suite. J'ai soulevé ma mèche pour bien les mater tous les deux.

« Tom, poursuit-elle, est-ce que tu bois dans ces fêtes ? Est-ce que tu prends de la drogue ?

– Un peu de bière, je dis. Mais tous les garçons en prennent. Et je fume de la beuh, rien de bien méchant.

– Rien de bien méchant ? poursuit papa. Tu te fous de nous ou quoi ? »

Le ton monte. Je m'interroge sur ce qu'ils savent. Et par qui. Je sais qu'aucun de mes potes ne se risquerait à me cafter. Quant aux autres, je ne vois pas l'intérêt. Je trouve mes parents toutefois bien remontés.

« Non, papa, je me fous pas de vous », je réponds prudemment.

Un silence s'installe, pesant, pendant lequel mes parents échangent plusieurs regards. Puis mon père se penche légèrement vers moi.

« Si, Tom. À l'hôpital, quand j'ai vu le médecin, il ne m'a pas seulement parlé de ta crise d'épilepsie partielle. Il m'en a aussi donné la cause. Tu as pris un demi-gramme de cocaïne ce soir-là. Et ce n'est pas tout. Tu avais deux grammes d'alcool dans le sang. Alors je te pose à nouveau la question et ne joue pas avec nous ou, franchement, ça va barder. Est-ce que tu bois dans ces fêtes ? Est-ce que tu prends de la drogue ? »

Je fixe mes baskets. Ça devait arriver un jour. Je n'aurais pas imaginé que ça vienne d'un médecin. Je peux encore arranger ça. Minimiser ce que j'ai fait.

« La cocaïne, c'était la première fois. Et avec ce qui s'est passé, j'ai pas envie de recommencer. Quant à la booze, oui, j'en bois, un fond de whisky ou de vodka, mais rien de bien excessif, je suis toujours rentré à la maison.

– Rien de bien excessif ? gueule mon père. Tu veux que je te dise ce que représentent deux grammes dans ton sang ? 0,5 gramme, c'est deux verres. Je te laisse calculer, si tu sais encore compter. Et puis la beuh, la booze, tu ne peux pas nous parler correctement ? »

Touché. Je leur dois une partie de la vérité. Si je continue à faire le con, je risque de le payer très cher. Ils pourraient me supprimer l'argent de poche, ou pire, m'interdire d'aller en soirée.

« OK. Pardon pour mon langage. J'avoue. Je n'ai jamais autant bu qu'à cette soirée-là. Je ne connaissais personne à part le frère de Felicia. Je l'ai payé assez cher, je trouve. J'ai déconné, c'est vrai.

– Bien, dit ma mère. J'espère que ça te servira de leçon. Et qu'à l'avenir, nous n'aurons plus ce genre de discussion avec toi. »

Je me lève. Je m'apprête à rejoindre Emma quand maman m'immobilise par sa voix.

« Ce n'est pas fini, Tom. Rassieds-toi. La police nous a appelés aussi au sujet de la soirée où tu as fait cette crise d'épilepsie. Celui qui organisait la fête est mort. Assassiné. Tu te rends compte ?

– Mais j'y suis pour rien !

– Je disais juste que tu as de bien étranges fréquentations pour ton âge. Le policier nous a dit que tu n'avais rien à voir avec ça. Un témoin a vu ce type vivant après que le Samu t'a embarqué. La police, Tom, et tu as juste quinze ans ! Tu ne crois pas que ton père et moi allons te pardonner aussi facilement pour tout ce que nous venons d'apprendre ? »

Je retombe sur le canapé. Je crains le pire, mais qu'est-ce que j'y peux si ce boloss est dead ? Pas la moula de poche, s'il vous plaît.

« Tu es privé de soirées jusqu'aux grandes vacances, annonce papa d'une voix basse. Et si on apprend que tu nous as désobéi, on te supprime ton argent de poche. Et pas sûr que tu viennes aux Canaries cet été. On te laissera aux grands-parents. C'est clair ? »

C'est clair. Je m'y attendais un peu, pour les fêtes. Je m'en rince, je passerai plus de temps avec Aaron.

« OK, papa. Je comprends. Je suis vraiment désolé, maman.

– Je t'en prie, Tom. Mais on ne t'a pas élevé pour que tu deviennes un débauché pareil et que tu parles aussi mal. L'année prochaine sera déterminante. Il serait bien que tu aies plus de plomb dans la cervelle.

– Je peux y aller cette fois-ci ? je demande.

– Oui », répond mon père, avec un sourire un peu forcé.

Ça, c'est le truc de ma mère, de vouloir m'alourdir la tête. Si je l'écoutais j'arriverais plus à la tenir droite. Moi je veux de l'insouciance, de la légèreté, et la bouche goûteuse d'Aaron. Le reste, on verra plus tard.

Emma

Maman a voulu qu'on fasse un peu de shopping ensemble, je n'ai pas pu lui refuser. Elle se serait doutée sinon que quelque chose ne tournait pas rond.

On est allées chez Zara, Uniqlo, et Smallable. Depuis qu'on fait du shopping ensemble, elle me suit partout où je vais. Elle n'en revient pas des prix, qui changent franchement de ses boutiques habituelles. Je me suis laissé offrir une petite robe rayée logo bleu et un tee-shirt manches volants bleu marine de chez Ralph Lauren, j'ai acheté un legging rayé orange de chez Repose AMS et un tee-shirt Unicorn blanc de chez Burberry trop cool. Ma reum a craqué chez Uniqlo pour une doudoune sans coutures bleu marine, et chez Zara pour une blouse en organza avec nœud, trop stylée.

Puis on est allées déjeuner dans un petit bistro du côté de l'Opéra. Je me disais que la vie pouvait être belle quand on passe un moment pareil avec sa mère, mais je ne pouvais pas m'empêcher de penser à Virgile et à Tom. Surtout à mon frangin, car cette histoire m'avait retournée. Il était temps que l'été se pointe, nos contrôles loin derrière, et qu'une nouvelle vie commence. Tom, tout comme moi, avait bien besoin d'un break.

« Tu as l'air soucieuse, ma chérie ? »

Oui, je le suis. Tom a cru qu'il avait buté un gars à la fin d'une soirée. Et moi je ne sais pas si je veux coucher avec Virgile ou pas.

« Non, pas du tout. T'inquiète, maman.
– Justement, c'est toujours ce que tu me dis, « t'inquiète, maman », quand tu as des problèmes.
– C'est pas vraiment ça. Et comme tu dis souvent, il n'y a que des solutions.
– Tu sais, tu peux me parler. Nous ne sommes pas copines, certes, mais je peux t'aider à discerner le bien du mal. »

Je souris. On se croirait dans un épisode de *Star Wars*.

« C'est juste que mon mec m'a larguée, et qu'un autre me court après, et je ne sais pas comment réagir.
– Ma pauvre petite. C'est terrible de vivre ça. Les hommes ne savent jamais ce qu'ils veulent.
– Et nous, maman, on sait ? »

Maman me fixe longuement avant de répondre.

« Oui. Au fond de soi, on le sait. Réfléchis à ce garçon qui te tourne autour. Comment s'appelle-t-il ?
– On s'en fiche un peu, non ? Bon, c'est Virgile.

– Pense à lui. En vaut-il la peine, ce Virgile ? Tu le sais déjà, non ? Je me trompe ? »

Je rigole.

« Oui, maman, tu as raison, je le sais. »

Je sais que si j'ai attendu autant, c'est parce que je ne veux pas de lui. Je n'ai pas envie d'être avec Virgile sous prétexte que Solal m'a plantée. J'ai aimé qu'il me console. J'ai kiffé les films qu'on a vus ensemble et nos marches dans Paris. Je n'oublierai pas le baiser au goût de Nutella, mais je préfère en rester là. Je vais profiter de ma liberté, m'amuser dans les fêtes, et tant pis si Solal s'y trouve avec sa pouf de terminale.

« Et ton frère ?
– Quoi, mon frère ?
– Ne fais pas l'idiote, tu le connais mieux que personne. »

Je jauge le regard de ma mère, ses yeux noirs me dévisagent.

« Il s'est comporté comme un con à cette soirée. Je crois qu'il n'est pas près de recommencer.
– Et toi, ne me dis pas que tu bois aussi ?
– Maman ! Je n'ai jamais bu une goutte d'alcool, et tu le sais bien.
– Bon excuse-moi. Essaye d'avoir un œil sur lui. Toi, au moins, il t'écoute.
– J'ai pas attendu que tu me le demandes.

– Dans ce cas, tout est parfait. Je vais demander l'addition. »

Je sais que le temps guérit de tout. Qu'un nouveau garçon, peut-être, m'attend quelque part, cet été, ou à la rentrée. Je parlerai à Virgile, après les cours. Dans le même café où Solal m'a jetée. J'effacerai le souvenir de cette rupture par une autre. Ainsi va la vie.

Tom

Je suis assis sur un banc de l'école. Emma et Sarah sur un autre. Elles doivent parler de ce pauvre Virgile qui s'est fait jeter par ma reuss. On dirait un mort-vivant depuis. Il traîne dans la cour du lycée, les épaules voûtées, la tête penchée, comme s'il avait perdu quelque chose qu'il cherchait partout. Souvent on entre dans la vie des gens pour en ressortir aussitôt. Ce qu'on a vu ne nous plaisait pas assez. Aaron est allongé sur le banc, sa tête sur ma cuisse. On lit tous les deux.

Je viens de commencer un nouveau livre, *Les Aventures d'un apprenti gentleman*, de Mackenzi Lee, l'histoire d'un jeune héritier qui ne s'intéresse qu'au jeu et à la boisson et ne pense qu'à sauter le plus de filles possible. Ça me convient très bien en ce moment. Je crois qu'il est question aussi d'un voyage en Europe, mais je n'en suis pas là. J'ai prêté mon exemplaire de *L'Attrape-cœurs* à Aaron, qui ne l'avait pas encore lu. Quelle chance il a de le découvrir.

Je ne sais pas pourquoi je réfléchis à la scène entre Holden et le professeur d'anglais, M. Antolini, quand Holden se réveille la nuit et surprend son professeur qui lui caresse la tête d'une manière qu'il va qualifier de « perverse ».

Depuis qu'Aaron a commencé le livre, je ne l'entends plus. *L'Attrape-cœurs*, qu'il tient entre ses mains, dissimule son visage. Je sens le poids de sa tête sur ma cuisse. Je lui caresserais bien les cheveux d'une manière perverse.

Je regarde Emma, qui m'envoie un signe de la main. Je hoche la tête.

Je revois notre rendez-vous d'hier avec Julian chez Léon. On s'est assis sur le canapé avec Aaron et on a écouté le récit de Julian. Jamais je n'aurais imaginé une vie pareille en dansant avec lui. J'aurais pu coucher avec lui ce soir-là, si tout n'avait pas dégénéré. Je ne pourrais plus maintenant. Pas après ce qu'il a raconté. Ce n'est pas une question de principes, je n'en ai aucun. Après tout, je ne sais rien encore de l'amour. J'ai roulé une pelle à un garçon, Aaron, pour un défi. Je sais bien que je ne l'aurais pas fait spontanément. Julian est un pro. Ce n'est pas qu'il soit payé pour ça qui me dérange. Après tout c'est de l'argent bien gagné. Mais je ne pourrais pas m'envoyer en l'air avec un mec à qui je n'aurais rien à apprendre. Et je n'aimerais pas me soumettre non plus à toutes ses demandes. Je ne suis pas le jouet que tout le monde se refile d'une main à l'autre. Je n'ai rien de malléable à souhait. Julian vit chez Léon, mais ça ne va pas durer. Il y aura bien quelqu'un pour se souvenir que Julian les a tous mis à la porte à propos d'une plainte qui n'a pas existé. J'ai promis à Julian de ne rien dire de cette soirée. Je reste sur ma version où je ne me souviens de rien. Ni de Marlone, ni de lui. C'est le moins que je puisse offrir à ce garçon aux abois. Après tout peut-être que la police ne remontera pas jusqu'à lui. Mais j'en doute. Il est trop connecté à celui qu'il appelle son mentor. Je sais qu'il a effacé ses empreintes. Puis il s'est enfui. Il tenait à vivre chez Léon, pour ne pas rester seul dans son grand appartement du Ve arrondissement. Il tournait machinalement sa chevalière entre ses doigts et je voyais l'écusson bordeaux apparaître puis disparaître.

Aaron m'a dit que j'avais bien fait de me tenir à ma version, et qu'il ne m'en voulait pas d'avoir été séduit par Julian. S'il m'avait accompagné, lui aussi aurait succombé au charme de ce garçon.

Dans l'Uber qui nous a ramenés, dans le centre de Paris, il m'a parlé de Lucas. Comment ce mec l'avait séduit sur ce bord de mer, jusqu'au message où il lui annonçait son mariage.

Je lui ai pris la main à l'arrière de la voiture, elle m'a paru chaude entre mes doigts. Je me suis dit à ce moment-là qu'il était temps, peut-être, d'essayer Aaron. Comme son père vient de s'absenter plusieurs jours, nous en avons la possibilité. Et quelque chose me dit que ça passera mieux que la dernière fois.

Aaron

Tom s'est endormi. Je croyais être le seul à trembler en faisant l'amour.

Nous étions comme deux feuilles balayées par le vent. Tom s'est laissé caresser, puis a vite pris le dessus. Il m'a fait penser à Lucas, mais je n'ai pas bu un seul verre et Tom non plus. Ils sont restés dans le salon sur la table basse. La bouche de Tom avait un goût de tabac, et moi qui n'ai jamais fumé, j'ai adoré ça. On s'est embrassés longuement avant de se déshabiller. J'ai mordu ses lèvres. Il m'a pris la nuque et m'a craché dans la bouche. Je l'ai repoussé, puis il est revenu à moi, ses lèvres entrouvertes, sa gueule de voyou, son œil bleu aussi froid qu'un ciel de montagne. J'ai soulevé sa mèche d'un revers de la main, je me suis dit qu'un jour il faudrait bien la couper, qu'on n'est pas un rebelle toute sa vie.

Je l'ai laissé me déshabiller, effleurer mon torse avec le plat et le revers de sa main. Je me suis allongé sur le lit, tandis qu'il retirait mon jean, mes baskets et mes chaussettes. J'ai attendu qu'il soit nu à son tour, couché sur moi, cherchant ma bouche pour des baisers goûteux, pleins de salive, de langues affolées. J'ai sorti un préservatif de la table de nuit. J'ai senti ses mains tenir mon fessier. Le lait s'est répandu sur le lit et à même la lampe, sur la table de chevet. Tom s'est couché sur moi, m'étouffant sur la couverture du lit. Je l'ai basculé légèrement sur le côté, il dormait déjà.

Je l'observe. Je soulève encore sa mèche pour mieux le voir dormir.

J'ai faim soudain. Je le secoue, le réveille. Je le prends par la main, l'oblige à me suivre dans la cuisine, nus tous deux, nos pieds sur le carrelage frais. Son visage tout chiffonné, cet air pas réveillé qui m'attendrit. J'ouvre le réfrigérateur, saisis le poulet, le Coca zéro, et la salade en sachet que je tends à Tom. Je relève la planche qui nous servira de table. Je prends les couverts dans le tiroir, les verres et les assiettes dans le placard. Notre premier repas.

Tom m'observe sous sa mèche. Son regard s'est éclairci, on dirait que l'amour l'adoucit.

Il me prend la main, joue avec mes doigts. Puis il saisit une aile de poulet et la dévore à pleines dents. La salade se replie sous la vinaigrette épaisse. Le repas englouti, Tom fume une cigarette à la fenêtre. Mon père est très sensible à ça depuis qu'il a arrêté après son divorce. Il dit d'ailleurs que ça l'a aidé à gamberger à autre chose que ma mère. Tom me suit, tandis que je débarrasse tout et fais disparaître la vaisselle dans la machine. Il me serre longuement dans la cuisine avant de m'entraîner dans la chambre.

Je connais ses baisers maintenant. Ses caresses. Mais pas encore assez pour m'en lasser. Moi aussi, je veux que tout recommence. Je veux effacer Lucas, qu'il ne soit plus qu'une carte postale oubliée au fond d'une enveloppe. J'en ai assez que son souvenir s'empare de tout, et de comparer sans cesse les autres à Lucas. J'ai enterré sa vie de garçon. La belle affaire. Tom le vaut cent fois. Ses longues caresses sur mon corps pour la seconde fois en tremblant, comme si j'avais laissé les fenêtres grandes ouvertes. Son corps se hisse sur le mien, peau contre peau, ses doigts entrent dans ma bouche et chopent ma langue. Je suis à lui. Qu'il fasse ce qu'il veut de moi. Le visage de Lucas commence à s'estomper. Bientôt il ne sera plus qu'un pixel.

Julian

J'ai toujours senti que ma vie prendrait un tournant. Que je n'irais pas d'un mentor à l'autre. Que tout ça prendrait fin un jour. Dans quelques mois, je suivrai bien des études de droit. En attendant que toute cette histoire se calme, je m'installerai à Lisbonne, Venise, Londres, ou New York. Ces dernières années, j'ai mis beaucoup d'argent de côté dans ces villes où je pourrai vivre.

La police m'a appelé et je me suis rendu dans leurs locaux. Je n'en menais pas large, ne sachant pas ce qu'ils avaient contre moi ou pas. Je me suis assis sur la chaise que le policier m'a désignée. Je l'ai observé derrière son ordinateur et j'ai attendu qu'il me questionne. Il s'était mal rasé, laissant des poils épars sous le menton. J'ai confirmé que je connaissais Marlone et qu'il m'arrivait de le croiser dans des fêtes. J'ai avoué cette fausse plainte parce que je jugeais cette soirée archinulle et que j'avais envie de poursuivre ailleurs. J'ai insisté sur le fait que Marlone était encore en vie quand je suis parti. Mon ami Léon le confirmerait. Le flic est revenu sur la fausse plainte en me disant que j'aurais pu tout aussi bien m'en aller sans mettre tous les gens dehors. J'ai répondu que oui en effet, mais que certains de mes potes voulaient rester et que ça m'était venu à l'esprit pour les convaincre de s'arracher avec moi. Le flic étouffait un peu dans son uniforme. Il a ouvert la veste et défait son col. Sa chemise semblait à bout de course. Il a voulu savoir ce que je faisais dans la vie. J'ai dit : « Rien. J'ai des parents généreux. » Il n'a pas moufté. Il est revenu sur mes potes que j'avais embarqués à la soirée. Il aurait besoin de noms et de numéros dont celui de Léon. Je le lui ai donné ainsi que celui de Mohamed, que j'avais déjà prévenu. Je lui ai dit que ça devait être difficile d'être policier et il m'a regardé sans la moindre expression. Il en avait fini, je pouvais m'en aller. Finalement, ça avait été plus cool que je ne le pensais.

J'en ai terminé avec Marlone. Cette guenon ne me fera plus une seule grimace. Ni le moindre mal à l'un de ces jeunes garçons un peu naïfs. J'ai envie de disparaître quelques mois à Lisbonne. Puis de revenir à Paris pour recommencer ma vie. J'ai offert à Léon et à son oncle leur voyage aux États-Unis pour qu'il fasse enlever toutes ces vilaines croûtes, ce qui fera de lui un mec présentable. J'ai aimé les caresser. La laideur rend la beauté supportable. Je sais que Léon préfère les filles. Je lui dois énormément. Il m'a parfois accueilli dans son studio sans rien réclamer. Il m'a même offert une clé pour y entrer quand bon me semble. Je n'ai pas connu de gens aussi désintéressés dans ma courte vie. Je suis surpris quand on ne me demande rien en retour. Peut-être qu'avec ma nouvelle vie je vais me débarrasser des importuns.

J'aurais bien revu Tom, mais Léon m'a dit qu'il était avec Aaron. Je déteste m'immiscer dans les couples.

En définitive, j'ai au moins un principe.

Je suis heureux pour Tom. J'ai compris qu'il ne se souvenait pas de nos baisers. C'est mieux comme ça. J'ai des amants un peu partout dans le monde, je ne suis pas à plaindre. La plupart ont largement dépassé l'âge de raison. Je suppose que j'ai cherché plus ou moins à retrouver mon géniteur.

Ça fait bientôt cinq ans que je ne l'ai pas vu. Il s'est remarié et vit du côté de Bordeaux. Ses virements tombent le 15 du mois, d'un montant variable mais plutôt élevé.

Ma mère, elle, vit aux Bahamas, avec une autre femme que je ne connais pas. Elle ne m'y invite pas davantage que mon père à Bordeaux. Mais elle, pareil, m'envoie de l'argent qui n'a pas l'odeur de la crème solaire. Aussi rigoureuse que papa.

Je place cet argent sur un compte assurance-vie. Tout ce que j'ai gagné comme escort-boy, quand je ne l'ai pas dépensé, a été réparti dans mes villes préférées. Que du cash évidemment. J'ai acheté un pied-à-terre dans chacun de ces lieux, rien de grandiose, mais bien placé, dans le centre. Je n'ai plus qu'à me trouver un beau gosse, de mon âge pour changer.

Et s'il pouvait ressembler à Tom, ça me plairait bien.

Tom

J'en ai pris pour perpète. Bien fait pour moi. À se comporter comme un imbécile, on finit un jour par payer l'addition. Et puis les parents, ils sont là un peu pour ça, mais pas que. J'ai l'impression d'avoir pris un bain glacé, comme ce défi de Gaspard l'an dernier en hiver dans une piscine extérieure. Je veux dire, ça réveille. C'est vrai que j'ai déconné dans toutes ces soirées, à tiser plus qu'il ne faut, sans oublier la fumette, et chez Marlone la cocaïne. Bon, ce con est mort, et Julian a été innocenté grâce à Léon et à Mohamed qui n'ont jamais mis les pieds avenue de Ségur. Surtout à Léon, qui a confirmé que Marlone était bien vivant avant qu'ils ne quittent tous l'appartement.

Le danger quand on est ado, c'est d'être puceau et de ne pas savoir ce qu'on veut. Franchement y a de quoi partir en sucette. Est-ce que quand on couche avec un garçon, ça compte ? Je ne suis pas gay pour autant, même si je kiffe Aaron. Peut-être que ça me passera. J'ai hâte que Felicia sorte de l'hôpital, et de vérifier avec elle si les filles me plaisent aussi. Qu'elle soit la sœur de Marlone me refroidit un peu. Ça ne peut pas être elle. C'est dans mes gènes de trouillard.

Je pense à mes potes, ultra-chanmés, heureux pour moi que je ne sois plus puceau. Tous deux m'ont dit qu'ils l'ont su avant moi. Avant moi quoi ? Que j'aimais les keums. Gaspard m'a promis qu'il n'appellerait plus Aaron « la glu », et Timothée m'a donné une tape amicale plus efficace que celles de mon père. Gaspard m'a demandé lequel de nous deux s'était emboîté dans l'autre et j'ai failli m'étouffer comme avec la beuh quand elle est bonne. On n'est pas des Lego quand même.

Bientôt c'est les grandes vacances, la hantise des ados en couple. Pas question la plupart du temps d'emmener sa moitié. Peut-être que ça me fera du bien de m'éloigner d'Aaron. Qu'il me manquera plus que je ne l'imagine. Que je ne pourrai pas m'empêcher de l'appeler et de lui balancer des trucs dégueu au téléphone. Avec Emma on a bien l'intention de sortir le soir aux Canaries. L'été est propice aux rencontres. On est non-stop à poil à se mater sur les plages. Et Emma a bien besoin de se trouver un nouveau mec. Elle a bien morflé entre Solal et Virgile, plus qu'elle ne veut bien l'admettre. Sa copine Sarah est moins disponible, toujours fourrée avec Gaspard à se rouler des pelles comme s'ils ne le faisaient pas assez en privé.

Je la rejoins plus souvent sur le banc où on aime lire. Des fois avec un bouquin, des fois non. Elle rêvasse. Elle a l'air un peu triste et ça me désole. Avec Aaron on s'en occupe beaucoup. On se balade dans Paris, à la place des soirées où tous les trois on ne va plus. On picole dans les cafés, on refait le monde et on se tape des barres. On emmène parfois Katouta, mais il ne tient pas en place. Sa truffe s'affole avec toutes ces odeurs. Je pense que si on lui ôtait sa laisse, il sauterait de table en table, dandinant du bassin et de la queue, renversant les verres, léchant les miettes en roulant des yeux fous, engloutissant les croque-monsieur ou les Paris-Brest, ses pattes d'ours sur la table, son regard de mendiant toujours affamé. Il n'aboie pas, c'est déjà ça.

Aaron a remplacé Gaspard et me lance des défis que je relève avec plaisir. Mais pas question d'embrasser qui que ce soit. Je dois sauter les marches d'un escalier à pieds joints jusqu'au sommet, puis jusqu'en bas. Faire un câlin à une grosse dame en la serrant fortement dans mes bras. Ou m'allonger sur la table d'un bistro (on s'est fait jeter). Ou lâcher Katouta dans une brasserie, ce qui nous a coûté l'argent de poche de deux mois et l'interdiction d'y remettre les pieds.

Quand on n'est que tous les deux avec Aaron, on fait n'importe quoi. Je le pousse derrière une porte cochère et je le galoche en respirant sa bouche. Je lui prends la main dans la rue et je me fiche bien des regards sur nous. On pourrait tout aussi bien être les meilleurs copains de la terre, ce que nous sommes évidemment. Bon, avec les bandes de marlous*, les Blacks et leurs chaînes en or, on est un peu moins fiers. Pas envie de perdre une autre dent, et Aaron son nez pour la deuxième fois. Mais ce que je préfère c'est quand on est au fond d'un café à bouffer de la soupe à l'oignon et qu'on se roule des gamelles après dans les chiottes. Une fois sur deux, y a quelqu'un qui attend et qui n'est pas déçu de nous voir sortir ensemble. Une dame un peu stylée nous a même dit d'aller ailleurs, qu'il y avait des enfants dans ce café. On a éclaté de rire en filant comme des voleurs.

La vérité, c'est qu'avec Aaron je n'ai plus besoin de picoler autant. Je me contente d'une bière ou d'un fond de whisky. Les fêtes se sont évanouies dans la nuit, elles ne me manquent pas du tout. La folie, l'excès, non plus. Je ne ressens plus cette excitation à tiser, sachant que je vais me mettre minable. Peut-être finalement que je vais rester avec Aaron et me foutre de la grande girafe de Bagnolet. Quand on ne sait pas ce qu'on veut, il en reste toujours quelque chose. Et même si Emma trouve qu'on va bien ensemble, Aaron et moi. On verra bien. Il veut que je coupe ma mèche. Je le ferai si on est encore ensemble à la rentrée.

Emma

Romane est venue à moi dans la cour du lycée, juste après le contrôle de français. Elle ne voulait pas d'embrouilles, même si elle n'avait pas demandé son avis à Solal. On ne se connaissait pas, mais elle avait de l'estime pour moi et cette situation la déprimait. Je lui ai rappelé en rigolant qu'elle ne m'avait pas piqué Solal. Que cette triple buse ne pouvait pas rester seule, visiblement, pour réviser ses cours et passer plus de temps avec ses vieux. Romane a souri, mais elle m'a avoué que tout ça n'était que des prétextes. Solal ne supportait pas mon frère et m'avait plaquée pour ça. Il ne se voyait pas traîner le frangin comme un boulet à sa cheville. J'ai inspiré un grand coup et j'ai remercié Romane pour sa franchise. Je me demandais si elle jouait la comédie ou non, quand elle m'a embrassée sur la joue et m'a suppliée d'être sa meilleure amie. Les autres filles dans sa classe lui donnaient des allergies à miauler comme des chatons. On s'est échangé nos portables. J'ai dit que j'allais réfléchir et je me suis hâtée vers le métro pour retrouver Tom, parti plus tôt, à la salle de sport du daron. J'ai vite enfilé mon pull péruvien sans manches et enfoncé le bonnet à pompon sur ma tête.

Personne ne m'a adressé la parole, aucune main baladeuse n'est venue perturber mon trajet. J'ai pu réfléchir à ce que m'avait révélé Romane. Le fait de connaître enfin la vérité m'a libérée d'une grande tension. Je me suis soudain sentie plus légère. Quel con, ce Solal. Me plaquer pour ne plus voir mon frère. Je rêve. Mon adorable Tom. Un boulet ? Non mais franchement, il s'est vu, Solal, avec ses manières de ne vouloir se mêler de rien ? À force d'être en dehors, on y reste. Je n'ai jamais voulu lui imposer Tom et s'il m'en avait parlé dès le départ, on aurait trouvé une solution. En même temps c'est absurde, ils n'ont rien échangé ensemble. Dans les fêtes je voyais bien qu'ils s'évitaient, mais de là à me quitter à cause de lui. Je suis heureuse de le savoir. Je sens que Solal va s'éloigner à la vitesse d'un TGV.

Et rien que pour l'emmerder je devrais accepter la proposition de Romane et devenir sa besta*. Sarah n'est plus vraiment dispo et je la verrai encore moins en n'allant plus dans les fêtes jusqu'aux grandes vacances. C'est le moins que je dois à Tom. S'il est puni, moi aussi. Et puis ça m'évitera de croiser Solal.

J'ai envoyé un texto à Romane avec un « oui » en gros caractères et un smiley. Elle m'a aussitôt répondu en écrivant « super » avec un cœur bleu et un pouce levé. Je me suis dit que c'était une chic fille, solidaire et courageuse. Il en fallait pour me parler sans que Solal soit au courant. La tronche qu'il va faire quand il va nous mater ensemble, bras dessus, bras dessous, flâner comme des autruches dans la cour du lycée. Sûr que ça ne va pas lui plaire. Bon, c'est ma station, je descends. Depuis que Tom est puni, papa insiste davantage sur les pompes.

Plus question de papoter et de se raconter nos life. De toute façon on reste en surface avec Tom. Pas question d'être nous-mêmes, il ne comprendrait pas.

L'adolescence est un âge délicat qui n'est pas à la portée de toutes les oreilles et encore moins de celles des parents, qui ne nous captent pas toujours et semblent avoir oublié leurs quinze ans. Ce n'est pas la peine de nous faire croire qu'ils étaient des enfants sages, aucun ado ne l'est. Ce qu'on veut, c'est ce qu'on ne peut pas posséder vraiment. La liberté, l'indépendance, un appart à nous et une vieille caisse pourrie. Et même si on se promène en bande, on veut être différents de chacun. Un piercing dans le nez, des cheveux roses et une dégaine de clochard. Bon, sans aller jusque-là, rien de tout ça ne me tente ni ne me dérange, on peut se démarquer autrement et assumer cet âge foireux. Après tout il nous suffit d'attendre un peu. Et là, finie, la mascarade. On sera libres de quitter la maison des parents et de vivre enfin cette vie d'adulte à laquelle on aspire tant.

J'ai le temps d'écouter une chanson de Billie Eilish qu'on kiffe grave avec Tom. J'enfonce les écouteurs, regarde les playlist que me transfère mon reuf sur WhatsApp. La voilà, *Everything I Wanted*. C'est parti !

Timothée

Je n'en reviens pas. J'ai reçu un appel de ma sœur Miranda. On s'est vus dans un café, en terrasse. Je l'ai à peine reconnue. Elle était blonde, le cheveu court. La voici rousse avec de longues mèches qui jouent avec le soleil, comme incendiées. Elle a rejoint le Sud, à Nice, en suivant son copain, mais ne s'est pas encore mariée. Elle essaye son couple, elle verra bien. Elle a encore du mal à se souvenir d'eux, comme elle appelle nos parents, à en parler. Si elle ne s'était pas éloignée de nous, elle se serait probablement pendue comme Iris. Elle a appris sa mort par hasard en gardant des contacts épisodiques avec certaines filles de terminale. Elle ne l'a pas rencontrée, mais son histoire est sur toutes les lèvres des lycéennes. L'air du loin lui va bien, elle passe beaucoup de temps sur la plage à fixer la mer et rien d'autre. Robin, qu'elle appelle son « fiancé », est très cool. Il prend tout son temps pour l'apprivoiser et lui laisse les longues heures de liberté dont elle a encore besoin. Elle s'est trouvé un job de serveuse dans un restaurant du cours Saleya où personne ne l'ennuie, du personnel aux clients. Elle a choisi d'y travailler le soir, pour mieux profiter du jour. Et plus elle regarde la mer, plus les coups du daron s'estompent comme si l'encre ne valait rien, que plus rien ne s'imprimait. Elle s'est reconstruite sur les galets, à la dure, en noyant ses souvenirs. Sous l'eau on n'entend rien. Le père, elle l'a coulé sans hésiter, lestant ses poches de pierres lourdes, maintenant sa tête sous l'eau jusqu'à ce qu'il ne résiste plus. La mère, ça a été plus difficile. Elle a dû louer un bateau, se rendre au large, là où la mer ressemble à un lac, apaisée et silencieuse. Le fond est si lointain qu'on ne la retrouvera plus. Et voilà comment elle s'est débarrassée d'eux, tout en s'allongeant au bord de l'eau, à mater cette ligne d'horizon, d'où plus jamais ils ne reviendront la hanter. Robin lui envoie souvent des textos, elle y répond parfois, l'invitant à partager les galets. Ils habitent un petit cabanon, pas loin des plages. Il y a même une chambre pour moi, si un jour je veux leur rendre visite. Je pourrais faire mes études et choisir un métier, rien ne presse. Elle a posé sa main sur mon épaule et m'a murmuré à l'oreille qu'il était temps que je les laisse entre eux et qu'ils s'entre-tuent une bonne fois pour toutes, ou qu'ils s'aiment loin de nous.

« Leur choix ne nous appartient plus. »

J'ai respiré comme si je manquais d'air, j'ai reluqué une fois de plus sa belle chevelure luisante de lumière, et je lui ai promis de venir dès cet été. Je terminais le trimestre au lycée, et pour la première je trouverais bien un lycée dans le Sud, pas loin d'elle.

Miranda s'est excusée de ne pas être revenue vers moi avant. Il lui avait fallu du temps pour digérer toute cette violence et avoir une vie à elle. Mes messages la reliaient à moi, mais ils étaient durs à entendre, elle avait pleuré, se doutant que la violence n'avait pas quitté le domicile sur ses traces. Elle avait pourtant espéré que tout disparaîtrait derrière elle. Que son départ provoquerait quelque chose de cet ordre. Elle a longtemps pensé que nos parents n'étaient pas les siens. Elle les observait parfois se disputer sans la moindre émotion. Elle s'était persuadée être une enfant adoptée. Elle n'avait rien d'eux. Elle s'était protégée comme ça, s'enfermant dans sa chambre, à écouter de la musique, Police ou les Clash, ses écouteurs aux oreilles, le volume à fond pour ne rien entendre d'autre. Elle a aperçu plusieurs fois mes tours du pâté de maisons, à shooter dans les amas de feuilles ou les canettes, ce qui allait plutôt bien avec sa musique, sans chercher davantage à comprendre.

Elle se refuse à écouter plus de choses sur eux, elle en a fait son deuil. Elle a préféré les couler l'un après l'autre, et tout ce que je pourrais dire risque de l'abîmer, elle, si fragile, mais reconstruite, ailleurs.

Je l'ai revue dans ce café, en terrasse, avec le sentiment que ma vie va enfin s'améliorer. Personne ne peut me faire changer d'avis, ni mes parents, ni Gaspard et Solal. Je me suis senti heureux en abandonnant ma sœur derrière moi. Je sais que nous aurons d'autres rendez-vous, qu'elle est venue pour moi, et que cet été-là n'aura rien de banal. Je n'ai pas grand-chose à emporter, tout sera vite réglé. Peut-être un petit pincement pour la mère. Mais l'assurance que mes poings s'ouvriront enfin, et que je ne chercherai plus à me venger de lui.

Je sais maintenant que le temps s'en chargera pour moi. Cet homme ne mérite pas de vivre.

Romane

Je n'ai pas eu de mal à convaincre Emma.

Il était temps qu'Iris soit vengée.

Mon grand frère a connu Ethan, le frère de cette pauvre fille qu'on a toutes mal jugée. Il était présent quand Ethan a sauté sur une mine. Eliot a fait rapatrier son corps en France. Il est enterré au Père-Lachaise, dans le caveau où Iris reposait déjà. Au moins, ils sont ensemble maintenant. Plus personne ne pourra les séparer. Ethan a pu se confier à Eliot avant de périr en mission. Il avait vu sa sœur lors de sa dernière permission et ne l'avait pas reconnue. Elle s'était tue à propos de sa joue griffée et de son regard de folle. Mais elle avait blêmi en entendant le nom du beau-père, suffisamment pour qu'Ethan comprenne le pire. À force d'insistance, Iris avait fini par craquer et tout lui avouer. Le sang sur le lit, ce corps pesant sur elle comme une remorque, cette bouche qui crachait la cendre. Ethan ne pouvait rien faire, il devait prendre un vol le jour même pour Damas. L'annuler revenait à être renvoyé de l'armée.

Alors il s'est confié à mon frère, et Eliot a promis de l'aider lors d'une prochaine permission qu'ils prendraient ensemble. Mais elle n'a jamais eu lieu. Pour Eliot, le prénom d'Iris en était un parmi mille autres, il n'avait aucune raison de la venger car rien de cette histoire ne lui semblait familier sans Ethan.

Quand il m'en a parlé, j'ai compris que je devais intervenir.

Moi aussi j'avais craché sur son passage et participé aux nombreux textos qu'elle recevait le soir chez elle, loin du lycée qui ne lui laissait pas un moment de répit. La lettre avec la merde écrasée, c'était moi. Je l'avais pendue, comme nous toutes.

J'étais prête à punir ce porc, mais il me fallait des complices car je ne pouvais pas agir seule. J'allais le séduire pour que tout s'arrête. Emma et Tom n'ont pas hésité. Cette histoire, comme nous tous, les a bouleversés.

Je l'ai suivi si souvent que j'ai appris certaines habitudes du beau-père. Tous les vendredis, il court au bois de Vincennes. Son trajet, nous l'avons d'abord filmé avec Emma et Tom sur plusieurs semaines, après avoir tout préparé avec Léon. Pas question de commettre la moindre erreur. Je devais tout apprendre de ce parcours par cœur. Tom a pris au zoom les expressions du visage de ce salaud. Emma se contentant de siffler derrière les arbres pour qu'il tourne la tête. Une fois au point, je suis entrée en scène en prenant le chemin inverse. J'ai décoché mon œil de biche avec un sourire si généreux que ce porc s'est arrêté net. La vidéo de Tom le montre étonné, avec une grimace semblable à une limace au coin de ses lèvres. J'ai continué à courir, pas question de le ferrer aussi facilement. Emma et Tom cachés à la lisière des bois poursuivaient leurs prises. On en avait besoin sous tous les angles pour ne garder que les meilleures au montage. Cet homme dont on ignore jusqu'au prénom. Pas question de l'apprendre. Il doit rester anonyme. Aucune chance de toute façon qu'on lui trouve des excuses. Il n'a rien d'humain. La deuxième fois, j'ai fait celle qui ne le calculait pas. J'avais les écouteurs de Tom, je marmonnais des airs entre mes dents. La vidéo d'Emma accuse sa déception, ses gros yeux de poisson vitreux me suivant à la trace. La troisième fois, je me suis pris les pieds dans une racine imaginaire et j'ai atterri directement sur lui, mains à plat sur son torse dégoulinant de sueur. J'ai dû prendre sur moi, respirer à fond pour ne pas vomir. Je lui ai dit que ma cheville était sûrement foulée, qu'il fallait que je m'asseye un instant. Ce ralouf* s'est laissé tomber de tout son poids à côté de moi. J'avais demandé à Solal de rester à l'écart. Ce grand amoureux aurait tout foutu en l'air avec ses principes à la con. J'ai eu un mal fou à le convaincre, d'ailleurs. Emma lui envoyait des textos régulièrement pour lui dire que tout se déroulait comme prévu. Quand la main du beau-père s'est posée sur ma cheville pour remonter le long de mes cuisses, j'ai cru mourir. Je devais feindre le plaisir quand tout en moi s'y opposait. Je me suis laissée choir sur un amas de feuilles. J'ai prié pour que tout concorde. Le plan ne prévoyait pas que ce porc abuse de moi. Je savais qu'Emma et Tom interviendraient et le laisseraient s'enfuir. Mais tout pouvait prendre une tournure différente de celles que nous avions imaginées ensemble. J'ai laissé ses mains courir sur moi, écraser mes seins, serrer mon cou. J'ai accepté sa bouche en mémoire d'Iris. Sa langue est entrée en moi, répandant des odeurs de tabac froid. Je l'ai attrapée avec mes dents et je l'ai mordue avec force. Ce porc a relâché son emprise, j'en ai profité pour remonter mon genou et cogner son bazar si fort qu'il s'est détaché de moi pour se tenir l'entrejambe. Intérieurement, j'ai supplié Solal d'être là, à temps, avec la police. Je n'étais qu'un jouet entre ses doigts. Un jouet qu'il allait abîmer comme tous les autres. Je le voyais dans son regard haineux qu'il tournait maintenant vers moi et à sa main levée. Il m'a saisie à la gorge, a coincé mes jambes sous les siennes, et s'est écrasé de tout son poids sur moi. J'ai tenté de le mordre mais sa main qui serrait mon cou m'en a empêchée. Je n'arrivais plus à respirer. Ce salaud allait me tuer. J'ai tenté un dernier soubresaut, mais l'étau sur ma gorge s'est durci violemment et je me suis évanouie.

Tom

Le hess. Jamais je n'ai eu aussi peur de ma vie. J'ai tenu serré mon portable pour tout filmer au zoom, prenant soin de ne pas le lâcher, et surtout de ne pas être vu, ni entendu. Je posais chacune de mes baskets avec précaution. Une brindille aurait pu me trahir. Emma de l'autre côté, qui le filmait tout autant, était cachée par les arbres, elle me manquait. Pas une seule fois ce porc n'a dressé l'oreille, trop occupé à se taper Romane. Je n'aurais pas aimé voir ma sœur à sa place. Je n'aurais pas pu la filmer. Je crois que j'aurais buté ce monstre. Quand la police l'a encerclé et que Romane s'est jetée chancelante dans les bras de Solal, j'en aurais pissé dans mon froc. Le beau-père a été aussitôt menotté. Il n'a pas cherché à se défendre. Il est entré dans l'estafette dans ses vêtements de sport, son short noir, son tee-shirt double XL souillé de terre et de sueur. Romane suffoquait sur l'épaule de Solal. Emma et moi nous regardions sans rien dire. Au cas où la mission aurait mal tourné, que la police n'arrive pas dans le bon timing, nous devions l'empêcher d'aller plus loin et le laisser s'enfuir. Ce que nous n'avons pas eu à gérer, heureusement. Peut-être que rien de bien ne se serait passé. Le souvenir du rugbyman avec Felicia, des bras velus de Marlone, me suffisait. Cela faisait beaucoup d'émotions fortes pour un gars de quinze ans.

Bien sûr, nous avons dû, Emma et moi, nous présenter à la police avec nos parents. Expliquer que nous étions venus courir tous les trois à Vincennes comme chaque vendredi, et donner les meilleures versions de nos vidéos. Pas question de tout montrer, pour ne pas attirer les soupçons de la police. Je ne sais pas s'ils nous ont crus, mais nous avons pu repartir du poste sans aucun problème. Le beau-père avait été pris en flagrant délit d'agression sexuelle et les vidéos trafiquées de Léon, à des dates différentes, mais toujours un vendredi, avec son œil vitreux et pervers prouvaient la préméditation du prédateur. Sa façon de mater Romane dans différentes tenues de sport ne laissait aucun doute. Même s'il ne l'avait jamais vue auparavant, mais ça, c'était sa parole contre le travail de Léon. Ce gros con pouvait dire ce qu'il voulait. Les images ne mentaient pas.

Léon est un génie.

Nos parents sont restés calmes, avec cet air contrit d'être là où ils n'auraient pas dû se trouver. Mais ils étaient fiers qu'on ait contribué à arrêter un monstre. Maman, le soir même, a levé toutes les punitions. Papa a regretté de ne pas l'avoir su avant, il aurait bien réglé son compte à ce gros connard.

J'ai songé à Iris que personne n'avait prise au sérieux, à commencer par moi. Si nous avions tous réagi comme mon daron, rien de tout cela n'aurait existé. Pourtant, l'arrestation du beau-père ne nous ramènera pas Iris au lycée, nous le savons tous. Mais au moins, nous l'avons vengée, et avons en partie rattrapé nos conduites de noob* de l'année dernière. Il est urgent de penser à Iris en de meilleurs termes.

J'espère que ce trimestre va s'achever sur des événements plus sympas. Je compte bien passer toutes mes fins d'après-midi avec Aaron et apprendre avec lui toutes les positions du Kama-sutra. Finalement et contre toute attente, je suis gay. Mais je n'aime qu'un seul garçon, et je ne pense pas en essayer d'autres après lui. J'ai toujours en tête ce défi d'Emma de tenter les deux. Mais pas maintenant. Je ne veux pas blesser Aaron. Je sais que je suis capable de le faire souffrir, lui ou n'importe qui, si je veux me comporter comme un salaud. Il s'agit de baisser la garde. J'ai accepté que la mèche soit coupée au retour des grandes vacances. Mon petit doigt me dit que je peux lui dire adieu.

Emma et Romane ne se quittent plus. Sarah n'a rien dit, trop accaparée par Gaspard. Même Solal s'est tu. Je crois qu'il a compris que les filles sont décidément plus fortes que les garçons. Et qu'il lui fallait revoir ses principes. Il reparle avec Emma, qui ne reste jamais longtemps en sa compagnie. Elle préfère celle de Romane, c'est clair. Deux fois par semaine, Emma l'emmène avec nous au club de sport de papa. Elles font de longues balades, sans Solal qui, parfois, dîne sans Romane. Maman s'habitue aux absences d'Emma. On a montré combien nous pouvions tous être solidaires devant l'adversité. C'est ça qui compte. Le reste, franchement, n'a vraiment aucune importance. À la rentrée, Emma, Aaron et moi passerons en première. Et beaucoup de nos potes aussi. C'est une nouvelle ère, peut-être le début de nouveaux ennuis. Mais comme dit Aaron, vivons l'instant présent. Pour l'avenir, on verra plus tard.

Des vers de Rimbaud me reviennent en mémoire, et tant pis si je n'ai pas encore dix-sept ans, je crois qu'ils ont été écrits pour moi, pour nous tous. Il se pourrait bien cet été que je commence à écrire. Pour de vrai.

Voilà qu'on aperçoit un tout petit chiffon
D'azur sombre, encadré d'une petite branche,
Piqué d'une mauvaise étoile, qui se fond
Avec de doux frissons, petite et toute blanche...

Nuit de juin ! Dix-sept ans ! - On se laisse griser.
La sève est du champagne et vous monte à la tête...
On divague ; on se sent aux lèvres un baiser
Qui palpite là, comme une petite bête...

LEXIQUE DES ADOS

MOTS & EXPRESSIONS

ASKIP : abréviation de « à ce qu'il paraît »

AVION DE CHASSE : belle fille

AVOIR LE SEUM : être dégoûté

BADASS : dur à cuire, courageux

BADER : ne pas être heureux, ne pas être en forme

BAE : de l'anglais « before any else », « avant tout le monde » ; personne qui nous est indispensable, qu'on fait passer avant tout le monde

BALEC : contraction de l'expression « je m'en bats les couilles », synonyme de « je m'en fous »

BESTA : meilleure amie

BEUH : verlan de « herbe »

BIATCH : désigne une fille qui se comporte mal et couche avec tous les garçons

BLINDÉ : riche

BOMBASSE : super nana

BOLOSS : signifie client, pigeon. Péjoratif, il désigne une personne ringarde, un loser

BOOZE : alcool

CHANMÉ : verlan de « méchant » qui signifie remarquable et admirable, particulièrement agréable, génial

CHARBONNER : travailler

CHARO : d'après «charognard», garçon qui court après les filles

CHELOU : verlan de «louche»

CHILLER : anglicisme qui signifie profiter de la vie, glander, ne rien faire de spécial

CRÈME (HYPER) : bien ou hyper bien

DARON : père

DARONNE : mère

DÉCHIRÉ : se dit lorsqu'on est trop alcoolisé ou drogué

ÊTRE AU BOUT DE SA LIFE : expression qui signifie être au bout du rouleau, ou ne plus avoir le moral

FONCEDÉ : verlan de «défoncé», notamment après avoir fumé un joint

FRAPPE : se dit d'une fille, d'une femme très belle. (Se dit également pour un garçon)

FRAPPÉ D'ALIGNEMENT : expression qui désigne une personne complètement rigide, dénuée de bon sens

FRIENDZONE : zone où se limitent deux ados qui ne seront qu'amis et n'iront pas plus loin

GADJI : fille

GALOCHER : embrasser quelqu'un avec la langue

GEEK : personne passionnée par un ou plusieurs domaines précis. Terme plus souvent utilisé quand les centres d'intérêt sont liés aux «cultures de l'imaginaire», ou encore aux sciences, à la technologie et à l'informatique

GOW : fille

GRAILLER : manger

GUEDIN : verlan de «dingue»

IECH (FAIRE) : expression qui signifie emmerder, verlan de «chier»

JE DIS ÇA, JE DIS RIEN : expression généralement utilisée pour se moquer de ce qui vient d'être dit

HARDCORE : adjectif signifiant selon le contexte cru, brut, très difficile ou moche

HESS (LE): désigne une situation plutôt désagréable et compliquée

KEN: verlan de «niquer»

KEUM: verlan de «mec», qui peut désigner le petit ami

KHABTA (ÊTRE): expression qui signifie être défoncé

KIFFER: aimer

LOOSE (LA): expression qui signifie c'est la merde

MARLOU: mariole

MDR: acronyme de «mort de rire»

MEUF: verlan de «femme»

MIF: famille

MOULA (MOULAGA): l'argent

MURGER (SE): s'enivrer

NOOB: abréviation de Newbie, contraction de «new beginner» ou «nouveau débutant», nul

OILPÉ (À): verlan de «à poil»

PÉCHO: verlan du verbe «choper» qui a plusieurs significations : acheter, prendre, voler, séduire

POUSSER À LA SALLE: expression qui signifie faire de la musculation

RALOUF: «porc» en arabe

RELOU: verlan de «lourd» qui désigne une personne qui fait des blagues débiles

REUF: verlan de «frère»

REUM: verlan de «mère»

REUSS: verlan de «sœur»

RHEY: frère

S'EN RINCER: expression qui signifie ne pas s'en soucier

SE FAIRE ROULER UNE ESCALOPE: expression qui signifie se faire embrasser

SE METTRE LA RACE: expression qui signifie boire jusqu'à être complètement saoul

SE TAPER DES BARRES : expression qui signifie se marrer

SOUM-SOUM (EN) : en sous-marin, discrètement

SURKIFFER : adorer

SWAG : cool, stylée

TCHOIN : fille facile

TEPU : verlan de «pute»

TEUB : verlan de «bite», désigne le sexe des garçons

TEUCHA : verlan de «chatte», désigne le sexe des filles

TISER : boire de l'alcool

TROP SAUCÉ : expression qui signifie trop content

TWERKER : tortiller du derrière de façon très rapide (danse) afin de mettre en émoi les hormones des spectateurs masculins

VÉNÈRE : verlan de «énervé»

ZEN : verlan de «nez»

ZOULETTE : terme péjoratif pour désigner une femme qui vit en banlieue ou qui a grandi en banlieue

ZOUZ : fille

DU MÊME AUTEUR

ROMANS

Papa et maman sont morts,
Point-virgule, 1991. Réédition Points Seuil, 2012

Autobiographie d'une Courgette,
Plon, 2002. Prix Générations (mairie du xviie à Paris).
J'ai lu, 2003. Flammarion, collection « Étonnantissimes », 2013

Au pays des kangourous,
Don Quichotte, 2012. Prix Cœur de France, 2012. Prix Roman de la ville d'Aumale, 2012. Prix des lecteurs de la bibliothèque Goncourt, 2012. Prix Folire, 2012. Prix Plume d'Or, 2013 (Plume libre - catégorie Romanesque). J'ai lu, 2014

L'Été des lucioles,
Héloïse d'Ormesson, 2014. Prix de la ville d'Aumale, 2014. Prix Rosine-Perrier, 2015. J'ai lu, 2016

Le Vertige des falaises,
Plon, 2017. J'ai lu, 2018

ROMAN JEUNESSE

Inventer les couleurs,
Gallimard Jeunesse Giboulées, 2019.

NOUVELLES

La lumière est à moi,
Gallimard, collection Haute Enfance, 2018. J'ai lu, 2021

RÉCIT

Certains cœurs lâchent pour trois fois rien,
Flammarion, 2021

OUVRAGES COLLECTIFS

24 histoires du Mans, « Indolore »,
Belfond, 2017

Un couple, une ville, « Infidèles »,
Charleston poche, 2019

L'enfance, c'est...,
texte illustré par Jack Koch, Le Livre de poche, 2020

Transgression : scandale ou nécessité ?
Sous la direction de Muriel Flis-Trèves et René Frydman, « Transgression de l'enfance », PUF, 2021

Gallimard Jeunesse Giboulées
Sous la direction de Colline Faure-Poirée et Hélène Quinquin
Illustration de couverture : Vincent Roché
Direction artistique : Christophe Hermellin
Édition : Véronique Basile Montigné
Fabrication : Claude Roux-Cinquin
Gravure : IGS

Dépôt légal : septembre 2021
ISBN : 978-2-07-515303-4
N° d'édition : 374438

Loi n° 49956 du 16 juillet 1949 sur les publications destinées à la jeunesse

Imprimé en Italie par Grafica Veneta